für Caroline

Harald Stollmeier:
Märchen von Liebe und Mut
© bei Harald Stollmeier, Voerde
© der Illustrationen bei Esther Wesemann
ISBN 978-3-7323-5139-8 (Paperback)
ISBN 978-3-7323-5140-4 (Hardcover)
ISBN 978-3-7323-5141-1 (e-Book)

Harald Stollmeier

Märchen
von Liebe und Mut

mit Zeichnungen von Esther Wesemann

Inhalt

Mann und Frau im Paradies

Vor sehr langer Zeit lebten eine Frau und
ein Mann in einem wunderschönen

fruchtbaren Garten. Sie nannten ihn das Paradies. Sie waren die einzigen Menschen dort, und sie hatten überreichlich von allem, was sie brauchten. Angst vor wilden Tieren brauchten sie nicht zu haben, denn alle Tiere waren friedlich und zahm.

„Esst von allen Bäumen in diesem Garten", sagte Gott, der die Menschen, die Tiere und den Garten erschaffen hatte, „nur von diesem einem nicht! Denn wenn ihr vom Baum der Erkenntnis esst, dann müsst ihr sterben." Und die Frau und der Mann achteten das Verbot.

Eines Tages sagte die Frau zu dem Mann: „Ich bin sehr unglücklich, weil wir nicht vom Baum der Erkenntnis essen dürfen."

Der Mann verstand sie nicht. Doch sie erklärte es ihm und wies auf interessante Andeutungen der Schlange hin, denen zufolge Gott sein Verbot nur unzureichend begründet habe. „Die Schlange sagt, er hält uns dumm, damit er seine Macht nicht mit uns teilen muss. Sie sagt auch, dass wir frei sein werden, wenn wir von diesem Baum essen."

„Dann ist das Essen der Früchte gar nicht automatisch ein Handeln gegen Gott", erwiderte der Mann, „dann können wir also, wenn wir nur erst alles wissen, genauso redlich in seinem Dienst stehen wie bisher! Das klingt gut! Aber ich bin noch nicht ganz sicher."

Da weinte die Frau und sagte zu ihm: „Die Schlange hat auch noch von anderen Dingen gesprochen, von der Schöpferkraft Gottes, an der wir Anteil hätten. Denke dir nur: Selber schöne Dinge zu schaffen. Oder Kinder in den Armen zu halten ..."

Der Mann nahm die Frau in den Arm: „Ja, das alles wäre schön. Aber sollten wir nicht warten, bis wir mit Gott darüber sprechen können?"

„Ach", seufzte die Frau, „er ist nun schon seit Wochen nicht mehr hier gewesen. Und dann gibt er vielleicht trotzdem keine

Erlaubnis, oder er nimmt den Baum sogar fort, und ich werde niemals Kinder in den Armen wiegen." Und wieder weinte sie.

Da stand der Mann auf und sagte: „Komm, ich gehe mit dir. Vielleicht ist es auch meine einzige Chance, jemals einen Turm zu bauen, der bis in den Himmel reicht, oder ein Fahrzeug, das bis in den Himmel fliegt."

Und die Frau und der Mann gingen zum Baum der Erkenntnis und aßen, zuerst die Frau, dann der Mann. Und als sie gegessen hatten, da starben sie nicht, und sie fühlten große Macht und großen Stolz. Aber sie schämten sich auch, und sie versteckten sich voreinander und vor Gott.

Wenig später hörten sie seine Schritte und sein Rufen. Schließlich trat der Mann zögerlich vor ihn. „Was ist denn mit dir los?", fragte Gott den Mann, „warum versteckst du dich vor mir, wo ist deine Frau, und vor allem: Was soll dieses Röckchen aus Blättern?"

Da fürchtete sich der Mann, und stotternd
erklärte er, er habe nicht länger nackt sein
wollen. „Aha", sagte Gott ruhig, „ihr habt

9

also vom Baum der Erkenntnis gegessen, obwohl ich das verboten hatte. Nun sage mir rasch, wessen Schuld das ist, damit ich ihn zur Rede stellen kann. Oder sie ..."

Der Mann überlegte einen Moment. Dann straffte er den Rücken und sagte leise: „Es ist meine Schuld, Herr. Ich wollte Wissen, Macht und Freiheit, und ich wollte nicht riskieren, dass du womöglich den Baum fortnimmst, wenn ich dich frage."

Gott runzelte die Stirn: „Es gibt da etwas, was du nicht richtig verstanden hast: Ich bin allwissend. Und deshalb weiß ich, dass zuvor die Schlange mit deiner Frau gesprochen hat und deine Frau mit dir. Deswegen darfst du hier bleiben, und deine Frau muss fort. Ich mache dir eine neue. Willst du das?"

„Nein, Herr", sagte der Mann, „ich habe vom Baum der Erkenntnis gegessen und kenne jetzt Böse und Gut. Und ich weiß, dass es nicht richtig wäre, wenn meine Frau allein für etwas büßen müsste, bei dem ich freiwillig mitgemacht habe, ja, das ich sogar hätte verhindern können. Außerdem will ich keine andere. Ich liebe sie."

Da lachte Gott, und die Erde bebte. Der Mann fürchtete sich, aber Gott klopfte ihm auf die Schulter und strahlte ihn an. „Das ist das Beste, was ich seit der Erschaffung der Welt gehört habe", sagte er mit dröhnender Stimme, „komm, ich will dir mein Urteil verkünden: Du und deine Frau, ihr habt mein Gebot übertreten. Aber da du zu deiner Frau gehalten hast, als es für dich bequemer gewesen wäre, sie im Stich zu lassen, braucht ihr beide nicht zu sterben und dürft im Paradies bleiben. Und Häuser bauen und Kinder haben dürft ihr auch."

So kam es, dass die Frau und der Mann nicht aus dem Paradies vertrieben wurden. Und da sie nicht gestorben sind, leben sie noch heute.

Der Eisvogel

Martin war erst sieben Jahre alt, als sich sein Leben in einem einzigen Augenblick für immer veränderte. Es geschah beim Radfahren, auf dem Schulweg, der ein gutes Stück am Fluss entlang führte und durch den Wald. Es war Sommer, und die Sonne hatte den Morgennebel bereits von den Flussufern vertrieben. Martin fuhr dahin und tat nichts Besonderes. Es ging ihm gut. Plötzlich sah er schräg hinter sich eine Bewegung. Er wandte den Kopf nach rechts und sah, wie ein leuchtend blauer Vogel im Sturzflug ins Wasser hinabtauchte. Martin bremste und hielt an. Minutenlang blickte er auf das Wasser, dort wo der kleine Vogel eingetaucht war. Aber er sah ihn nicht wieder.

Am Abend erzählte er seiner Mutter von diesem Erlebnis. „Es war das schönste, was ich je gesehen habe", sagte er, „so einen Vogel wünsche ich mir." Die Mutter schlug Martin vor, am folgenden Sonntag gemeinsam mit ihr an den Fluss zu gehen und nach dem blauen Vogel Ausschau zu halten. Und so geschah es auch, sieben Sonntage hintereinander. Als sie am siebten Sonntag aufgaben und sich auf den

Heimweg machten, sah Martin eine blaue Bewegung aus dem Augenwinkel. Er drehte sich um und sah, wie beim ersten Mal, einen kleinen blauen Vogel ins Wasser hinabtauchen. Seine Mutter sah den Vogel nicht. Sie glaubte ihrem Sohn, aber sie hatte keine Hoffnung mehr, einen Vogel wie den gesuchten für ihn gewinnen zu können.

Martin war traurig, aber er sprach nicht mehr darüber. In den folgenden Jahren sah er den leuchtend blauen Vogel nur selten, und nie war es anders als beim ersten Mal. Nie sah er den Vogel länger als für einen Augenblick. Aber jeder dieser Augenblicke hinterließ in seinem Herzen eine Sehnsucht, die so gewaltig war wie ein Herbststurm an der See.

Als Martin fünfzehn Jahre alt war, fand er auf dem Dachboden eine Kiste mit alten Notizbüchern. Er nahm eines davon in die Hand, und als es sich öffnete, sah er eine Buntstiftzeichnung, die ihn gefangen nahm. Dort stürzte sich ein leuchtend blauer Vogel kopfüber von einem dünnen

Ast herab. An den Notizen sah Martin, dass sein Vater das Bild gemalt hatte. Aufgeregt sprach er ihn an, als er am Abend von der Arbeit nach Hause kam.

„Das ist ein Eisvogel" sagte der Vater, „ich habe ihn gezeichnet, als ich ein Junge war." Martin war begeistert: „Ich habe einen gesehen, und es ist das Schönste, was es überhaupt gibt. Ich wünsche mir einen solchen Vogel mehr als alle Schätze der Welt."

Da setzte sich der Vater und sah seinen Sohn an: „Ich will dir ein Geheimnis verraten. Ich habe einen solchen Vogel einmal für mich gewonnen. Aber ich habe viele Jahre dafür einsetzen müssen – das ist vielleicht das Schwierigste, was es auf der Welt gibt. Denn einen Eisvogel kannst du nicht fangen – dazu ist er viel zu schnell. Und er wird sterben, wenn du ihn in einen Käfig sperrst. Du kannst einen Eisvogel nur gewinnen, wenn du so lange ruhig und still auf dem Waldboden sitzen bleibst, bis er zu dir kommt. Dabei musst du ein Nest mit deinen Händen formen. Wenn der Vogel dort landet und sich in deine Hände kuschelt, dann ist das Wunder geschehen. Erst dann darfst du den Eisvogel ansehen. Wenn du es vorher tust, ist er gleich wieder fort. Die Kunst dabei ist, genau neben den Eisvogel zu blicken, damit man weiß, wo er ist, ihn aber nicht erschreckt. Und eines noch: Wenn ein Eisvogel in deiner Nähe ist, darfst du dich durch nichts ablenken lassen! Wenn du dich bewegst, während ein Eisvogel dich beobachtet, dann fliegt er fort und kommt nie wieder."

Martin entschloss sich, diesen schwierigen Weg zu gehen. Immer wieder übte er es, völlig still auf dem Waldboden zu sitzen und zu warten. Der Vater warnte ihn: „Viele Vögel werden zu dir kommen und Vertrauen zu dir fassen. Du darfst freundlich zu ihnen sein. Aber du musst sie fortschicken. Bedenke, mein Sohn, wenn eine Amsel oder Meise oder Nachtigall in deiner Hand sitzt, kann der Eisvogel nicht landen."

Martin übte sich viele Jahre darin, still zu sitzen und nicht direkt anzusehen, was ihn am meisten interessierte. Bei schlechtem Wetter übte er im Haus, bei gutem Wetter im Wald. Das Stillsitzen lernte er bald, und mit der Zeit gelang es ihm immer besser. Das half ihm auch in der Schule, wo die Lehrer ihn immer mehr lobten. Schwieriger war es, das mit dem Hinsehen zu lernen. Es war ja ganz natürlich, dass man sich umsah und dass man das ansah, was einem gefiel. Aber mit der Zeit wurde Martin auch darin besser. Er verstand, dass man den Kopf sehr langsam drehen durfte, wenn man ein Tier besser sehen wollte, und immer öfter schaffte er es, dass ein Hase oder ein Rebhuhn, die sich in seine Nähe gewagt hatten, nicht fortliefen, wenn er zu ihnen hinsah.

Eines Tages gelang es ihm schließlich, einen kleinen gelben Zeisig, der vor ihm gelandet war, nicht direkt anzusehen. Er blickte direkt daneben, wohl eine Minute lang, obwohl es ihm länger vorkam. Und mit einem Mal und mit zwei

Flügelschlägen hüpfte der Zeisig in Martins Hände. Martin war bewegt, und er hielt eine weitere Minute lang still. Dann sagt er leise: „Danke, kleiner Zeisig, aber ich lasse dich jetzt wieder fliegen." Und er beugte sich vor und hob seine Hände ein wenig, als wolle er den Zeisig behutsam in die Luft werfen. Mit einem Zwitschern flog der kleine Vogel fort.

Von da an fasste Martin Hoffnung. Es gelang ihm immer besser, Vögel, die in seiner Nähe landeten, nicht direkt anzusehen, und wie sein Vater gesagt hatte, landeten immer wieder Vögel in seinen Händen: Amseln, Buchfinken, Spatzen, Meisen und einmal sogar eine Nachtigall, die wunderbar sang. Alle setzte Martin nach kurzer Zeit mit freundlichen Worten auf den Waldboden, obwohl es ihm manchmal schwerfiel, besonders bei der Nachtigall. Einmal landete eine Rabenkrähe in seinen Händen und hackte nach seinen Augen, aber Martin konnte sie rechtzeitig fortschleudern, und einmal landete eine Elster in seinen Händen und beschmutzte sie mit Kot. Elstern und Krähen blickte er seitdem immer sofort direkt in die Augen, und nie wieder kam ihm eine nah.

Eines sonnigen Tages im Mai war es schließlich so weit: Martin hatte eine Stunde auf dem weichen Waldboden gesessen, als er im Augenwinkel etwas Blaues sah. Martin atmete tief aus und wurde vollkommen ruhig. So langsam er nur konnte, wandte er den Kopf, bis er den leuchtend blauen Vogel erkannte und direkt neben ihn blickte. Martin schlug das Herz bis zum Hals. Er war glücklicher als jemals zuvor in seinem Leben. Zugleich wusste er: Das Schwierigste stand noch bevor.

In diesem Moment hörte er ein leises, klägliches Piepen in unmittelbarer Nähe. Das Piepen setzte sich fort. Martin blieb konzentriert. So gut wie bewegungslos blickte er in die Richtung des Piepens: Ein Amselküken war aus dem Nest in der Hecke hinter ihm gefallen und lag hilflos auf dem Boden. Wenige Meter entfernt lauerte eine Katze und machte vorsichtig ein paar Schritte auf das Küken zu. Martins Verstand war von großer Klarheit erfüllt. In seinem Inneren hörte er seinen Vater sagen: „Wenn ein Eisvogel in deiner Nähe ist, darfst du dich durch nichts ablenken lassen! Wenn du dich bewegst, während ein Eisvogel dich beobachtet, dann fliegt er fort und kommt nie wieder." Als die Katze näher kam und das Piepen ängstlicher wurde, hatte Martin Mitleid. Seufzend wandte er sich dem Küken zu, hob es auf, stand auf und legte es zurück in sein Nest. Die Katze verschwand ohne einen Laut.

Martin setzte sich wieder im Schneidersitz auf den Waldboden. Aber der Eisvogel war fort. Martin weinte bitterlich. Doch nach einer Weile trocknete er seine Tränen. Immerhin war es richtig gewesen, das Küken zu retten - schließlich konnte das Küken nichts dafür. Martin seufzte. Plötzlich hörte er ein Flattern und spürte einen Luftzug über seinem Kopf, und im nächsten Augenblick saß ein Eisvogel in seinen Händen. Konzentriert blickte Martin genau neben ihn. „Du darfst mich ansehen", sagte der leuchtend blaue Vogel, „ich bin zu dir gekommen und werde für immer bei dir bleiben." Martin war verwirrt und glücklich zugleich. „Wie ist das möglich", fragte er, „wo ich mich doch bewegt habe?" Der leuchtend blaue Vogel sah ihn an. „Davon verstehe ich nichts", sagte er, „aber ich habe gesehen, wie du das kleine Küken gerettet hast, und da habe ich Vertrauen zu dir gefasst."

Der große und der kleine Bruder

Vor langer Zeit lebten zwei Jungen mit ihren Eltern in einem großen alten Haus.

Das Haus lag am Ufer eines Sees, und seine früheren Bewohner waren mit einem Boot zum Fischfang hinausgefahren. Jetzt aber lag das alte Boot seit vielen Jahren unbenutzt in einem Schuppen am Steg. Und so oft auch Hubert und Max um Erlaubnis baten, mit dem Boot hinauszufahren, so oft erneuerten die Eltern das Verbot, denn die Jungen waren beide noch nicht zehn Jahre alt.

Darin waren die Eltern immer einig. Sonst waren sie sehr oft nicht einig. Oft stritten sie und schrien einander an. Dabei hätten sie glücklich sein können und ohne Sorgen, denn sie litten keine Not. Aber es half nichts: Immer wieder erwachten Hubert und Max von den Schreien der Eltern, und oft krabbelte Max zu seinem älteren Bruder Hubert ins Bett.

In einer stürmischen Herbstnacht, als die Schreie immer schlimmer wurden, nahmen die beiden Brüder allen Mut zusammen und gingen Hand in Hand die Treppe hinunter, um ihre Eltern aufzusuchen. Als sie zitternd die Tür zur großen Küche öffneten, da schien es ihnen, als hätten sich Mutter und Vater in Ungeheuer verwandelt, mit Fangzähnen, feurigen Augen und zottigem Fell.

Entsetzt flohen die beiden Jungen nach draußen, in den Bootsschuppen. Aber die Schreie kamen näher und näher, und in ihrer Angst schoben die Jungen das Boot ins Wasser, sprangen hinein und trieben damit in den See. Sie hielten einander fest und kauerten auf dem Boden des Bootes, während der Sturm sie weiter und weiter vom Ufer forttrieb. Peitschender Regen durchnässte die Jungen. Der Sturm wurde immer stärker, und als die Nacht am dunkelsten war, zuckte ein Blitz über den See. Gleich darauf durchdrang der Donner das Heulen des Sturms. Im wilden Gewitter schäumten die Wellen und warfen das Boot hin und her, bis es schließlich kenterte.

Hilflos trieben die Brüder im Wasser, und in ihrer Angst hielten sie einander fest an der Hand, auch als sie schließlich versanken. Unter Wasser war es beinahe still und längst nicht so kalt wie im Boot. Hubert wusste nicht mehr, wo oben und unten waren, aber plötzlich entdeckte er in der Dunkelheit ein Licht. Es kam näher, und es sah wie eine riesige leuchtende Luftblase aus. Rasch schwamm Hubert auf sie zu und zog seinen Bruder mit sich. Als sie die Blase erreichten, glitten sie mühelos hinein und fielen auf ein weiches Lager am Boden. Max schlief sofort ein. Aber Hubert betastete vorsichtig die Wand der Luftblase. Sie fühlte sich wie Glas an, und sie war warm. Draußen war es dunkel, und er wusste nicht, ob sich die Luftblase bewegte. Aber nach einer Weile, es mochte eine Stunde vergangen sein, entdeckte Hubert unter der Luftblase Lichter, die langsam näher kamen. Schließlich erkannte er eine riesige, hell erleuchtete Kuppel am Boden des Sees.

Die Luftblase der beiden Jungen schwebte darauf zu, bis sie am Boden des Sees den Rand der Kuppel berührte. Dann war die Luftblase plötzlich fort, und das weiche Lager der beiden Jungen war mitten in der hellen Kuppel. Während Max erwachte und sich die Augen rieb, sah Hubert sich um. Sie waren in einem großen Garten voller blühender Apfelbäume. Bienen summten, Vögel zwitscherten und weit entfernt rief ein Kuckuck. Dann hörten die Jungen ein Singen, und über den Bäumen schwebte eine menschliche Gestalt auf sie zu und landete wenige Meter vor ihnen. Es war die schönste Frau, die Hubert je gesehen hatte.

„Ich bin die Seelilienfee", sagte sie mit warmer, tiefer Stimme, „ich kann Kinder vor dem Ertrinken retten. Seid willkommen in meinem Reich, und vergesst alle Eure Sorgen."

Im Reich der Seelilienfee litten die Jungen niemals Hunger oder Durst, sie waren niemals erschöpft oder müde, und immer waren sie von fröhlichen Kindern umgeben, mit denen sie spielten, so oft sie wollten. Am besten aber war, dass alle Kinder fliegen konnten, auch Hubert und Max. Sie hatten keine Flügel - es war eher wie Schwimmen, nur viel, viel leichter.

Max war die ganze Zeit mit den anderen Kindern zusammen. Aber Hubert suchte die Nähe der Seelilienfee, so oft es ging. Meistens ließ sie das zu, und oft hatte sie ein freundliches Wort für ihn. Aber seine Sehnsucht, für die er keine Worte hatte, war größer und stärker, und während sein Bruder so glücklich war, dass er nicht einmal darüber nachdachte, hatte Hubert das Gefühl, das etwas nicht stimme, als gehöre er nicht richtig dazu. Auch schien es ihm, dass alle anderen Kinder besser fliegen konnten als er. Und manchmal dachte er an die Welt oberhalb des Sees, an das Haus am Ufer, und dann schämte er sich, ohne zu wissen warum. Eines Tages fragte er die Seelilienfee danach.

„Kinder sollen ohne Sorgen sein", erklärte ihm die Seelilienfee, „nur dann können sie fliegen. Du bist ein kluges Kind, und du hast früh gelernt, deinen Bruder zu beschützen. Deshalb gehörst du nicht ganz hierher, und deshalb kannst du nur mit etwas Mühe fliegen. Und anders als die anderen Kinder hast du eine Wahl: Du kannst in die Welt oberhalb des Sees zurückkehren, und du kannst deinen Bruder mitnehmen. Das dort draußen ist die Welt, in die du eigentlich gehörst."

„Schickst du mich fort?", fragte er die Seelilienfee. „Nein", antwortete sie, „du darfst, wenn du willst, für immer bleiben. Aber niemals wirst du hier so unbeschwert zu Hause sein wie die übrigen Kinder. Ich mache dir ein Angebot: Wenn du dich für die Rückkehr in deine Welt entscheidest, gebe ich dir und deinem Bruder eine Luftblase, die euch an die Oberfläche und ans Ufer bringt. Wenn ihr nicht oben bleiben wollt, könnt ihr wieder zu mir zurück, aber dann beide für immer. Ihr braucht dann nur mit einem Boot auf die Mitte des Sees hinauszufahren und mich zu rufen."

Hubert dachte lange nach. Und je länger er nachdachte, desto zerrissener fühlt er sich. Es war viel schöner hier unten, und oben würde er wieder frieren. Zugleich schämte er sich immer öfter, und er dachte an seine Eltern und daran, dass sie ihn und seinen Bruder vielleicht vermissten. Schließlich ging er zur Seelilienfee und sagte zu ihr: „Mein Platz ist dort oben. Ich muss zurückkehren, und ich muss auch meinen Bruder mit zurückbringen. Ohne ihn kann ich mich dort nicht blicken lassen."

Die Seelilienfee lächelte Hubert an: „Du hast gewählt. Vergiss nicht: Ihr könnt beide wieder zu mir kommen. Aber wenn ihr wieder zu mir kommt, müsst ihr für immer bleiben."

Im nächsten Augenblick tauchte Hubert aus dem Wasser auf, seinen Bruder an der Hand. Unter seinen Füßen spürte er festen Boden, und als sich seine Augen an das helle Tageslicht gewöhnt hatten, erkannte er ganz in der Nähe das Ufer. Nass und frierend gingen beide Brüder an Land.

Am Ufer standen die Eltern, Hand in Hand. Sie sahen ganz vertraut aus, als wäre die schreckliche Nacht nur ein böser Traum gewesen. „Wie schön, dass ihr wieder da seid", sagte die Mutter, „wir dachten schon, ihr kommt nie mehr zurück."

Von da an stritten die Eltern nie wieder, und besonders der Vater war stolz auf Hubert. „Du hast gut auf deinen Bruder aufgepasst", lobte er ihn, „du bist ein guter großer Bruder."

Hubert fand sich gut zurecht, lernte schnell und wurde größer und stärker. Max dagegen saß meist träumend am Ufer des Sees. Oft wies ihn der Vater zurecht. Er möge doch etwas lernen und etwas werden, sagte er immer wieder zu ihm. Manchmal tat Max seinem älteren Bruder leid, und einmal sprach Hubert mit seinen Eltern über das Erlebnis im See. „Das war nur ein Traum", sagte der Vater. Die Mutter nickte, und Hubert schämte sich. Und Monate später, als Max seinen älteren Bruder einmal darauf ansprach, da antwortete dieser: „Das war nur ein Traum." Und mit der Zeit glaubte er das selbst.

Jahre vergingen. Hubert wurde ein Musterschüler, studierte in der Ferne und wurde ein wichtiger Diener des Königs. Er wurde reich und sendete seinen Eltern und später, als diese gestorben waren, seinem jüngeren Bruder immer wieder Geld, damit sie alles hätten, was sie brauchten. Aber nach Hause kam er nur selten.

Max verließ das Haus am Ufer des Sees nie. Er träumte viel, galt als faul, und mehr schlecht als recht lebte er vom Fischfang. Er fand nie eine Frau, und mit den anderen Fischern konnte er zwar fröhlich sein und zechen, aber Freunde wurden sie nicht. Auch Hubert heiratete nicht. Zwar tanzte er mit vielen Frauen, aber keine eroberte sein Herz.

Eines Tages erhielt Hubert in der Hauptstadt einen Brief aus seiner Heimat. Sein Bruder Max sei krank, schrieb der Pfarrer, und rede mit keinem Menschen mehr. Ob er, der einzige Angehörige, vielleicht trotz der vielen Amtspflichten an das Ufer des Sees kommen könne?

Hubert legte den Brief beiseite in der Absicht, sich am Abend darum zu kümmern. Aber dann kam ein Auftrag des Königs, und er vergaß den Brief. Erst ein halbes Jahr später fiel er ihm siedend heiß wieder ein. Er nahm sofort Urlaub und reiste in seine Heimat.

Das Haus am Ufer des Sees wirkte heruntergekommen. „Habe ich denn nicht genug Geld gesendet?", fragte sich Hubert im ersten Moment. Doch dann überkam ihn die Sorge um den Bruder. Er klopfte an die Tür. Er wartete. Er klopfte erneut. Schließlich hörte er langsame Schritte. Die Tür öffnete sich, und Hubert erschrak, als er seinen Bruder Max erkannte. Max war bleich, sein Haar vor der Zeit ergraut, die Wangen waren eingefallen, und er bewegte sich langsam, als müsse er sich zu jedem einzelnen Schritt erst entschließen.

„Bist du krank, mein Bruder?", fragte Hubert, als sie im Hause am großen Eichentisch saßen, „was fehlt dir?"

„Ich weiß nicht", antwortete Max, „ich weiß nur, dass ich glücklich bin, wenn ich schlafe. Ich träume dann immer denselben Traum, von einem großen Garten mit glücklichen Kindern und einer wunderschönen Fee. In diesem Traum kann ich fliegen und bin ganz leicht. Aber wenn ich erwache, bin ich schwer, und mir ist immer kalt. Ich wollte, es gäbe diesen Garten wirklich, und ich wollte, ich könnte dort für immer sein. Aber es ist ja nur ein Traum." Da weinte Hubert, und er schämte sich, aber er wusste nicht warum.

Am nächsten Morgen besuchte er den Pfarrer und trank mit ihm eine Flasche Burgunderwein aus dem Kistchen, das er ihm mitgebracht hatte. „Dein Bruder stirbt", sagte der Pfarrer, „aber was hilft es? Er war im Grunde immer zu weich für dieses Leben. Dein Vater sagte mir einmal, so sei es schon seit eurer Kindheit gewesen, seit dem Bootsunfall, als ihr beide für zwei Wochen verschwunden wart."

„Bootsunfall?", rief Hubert aus, „wir waren zwei Wochen verschwunden? Es war kein Traum? Aber es muss ein Traum gewesen sein!"

Und er erzählte dem Pfarrer vom Reich der Seelilienfee, und während er erzählte, erinnerte er sich, und ihm wurde klar, wie lange er nicht mehr daran gedacht hatte. „Ich habe mich im Reich der Seelilienfee geschämt", sagte Hubert zum Pfarrer, „weil ich nicht gut genug auf meinen Bruder aufgepasst hatte, und als ich wieder oben war, da schämte ich mich, weil ich wieder zu ihr zurück wollte. Jetzt fühle ich mich schuldig, weil ich meinen Bruder belogen habe."

„Das solltest du ihm selber sagen", antwortete der Pfarrer. „Aber dann will er zurück in den See", sagte Hubert, „und dann muss ich selbst mit hinunter und auf alles verzichten, was ich mir aufgebaut habe."

„Müssen wir das nicht eines Tages alle?", fragte der Pfarrer.

Da stand Hubert auf, verabschiedete sich und ging zum Elternhaus zurück. Es dämmerte, und sein Bruder schlief. Hubert weckte ihn. „Lass uns auf den See hinausfahren", sagte er, „ich muss dir etwas erzählen."

Es war eine helle Sommernacht, fast windstill, und es war vollkommen ungefährlich, auf den See hinaus zu rudern. Als sie weit draußen waren, zog Hubert die Ruder ein und begann zu sprechen. „Der Garten, von dem du mir erzählt hast - ich kenne ihn gut. Ich bin selbst dort gewesen. Ich weiß, ich habe dir gesagt, es sei ein Traum gewesen, aber das habe ich gesagt, weil es unsere Eltern gesagt hatten und weil ich so stolz war, dich gerettet zu haben. Heute weiß ich, dass ich dich gar nicht gerettet habe."

Da zitterte Max, und er weinte bitterlich. „Konntest du mich nicht dort bleiben lassen?", fragte er. Hubert holte tief Luft: „Ich weiß es nicht. Aber ich weiß, dass wir wiederkommen dürfen." Und er stand im Boot auf und rief: „Seelilienfee! Seelilienfee! Nimm uns wieder auf!"

Ein Donnerschlag zerriss die Luft, und heulend erhob sich ein Sturm. Im Nu warfen hohe Wellen das Boot um, und beide Brüder schwammen im Wasser, nahe beieinander. Als sie untergingen, hielten sie sich an den Händen.

Unter Wasser war es still und dunkel. Aber in der Dunkelheit tauchte ein Licht auf und kam rasch auf Max und Hubert zu. Eine riesige leuchtende Luftblase nahm sie auf und sank mit ihnen abwärts. Beide Brüder schliefen sofort ein.

Als Hubert erwachte, sah er über sich das wunderschöne Gesicht der Seelilienfee. „Willkommen für immer", sagte sie lächelnd. Hubert erinnerte sich und stand auf. „Wo ist Max?", fragte er. Die Seelilienfee deutete auf eine Gruppe fröhlich spielender Kinder. Eines der Kinder winkte Hubert zu.

„Bin ich auch wieder ein Kind?", fragte er. „Nein", sagte die Seelilienfee, „Du bist jetzt ein Mann", und küsste ihn auf den Mund.

Das Geheimnis der Eule Nocturna

Es war einmal eine Prinzessin. Sie hieß
Sjostra. Sie war schön, klug und mutig. Sie

war die einzige Tochter ihrer Eltern, und sie war die Erbin des Königreiches. Ihre Mutter war gestorben, als die Prinzessin noch ein kleines Kind war. Manfred, ihr Mann, war Arzt und zugleich oberster Minister des Königs, ihres Vaters. Er hatte seltsame Abenteuer erlebt, einer sprechenden Eule das Leben gerettet, seinen eigenen Tod überlebt und schließlich seine Frau und seine Kinder von Versteinerung geheilt.[1]

Nach dieser Zeit unternahm Sjostra mit ihrem Mann mehrfach Reisen durch das Königreich, teils damit die künftige Königin ihr Land kennenlernte, teils weil es Sjostra und Manfred Freude machte, zu zweit Abenteuer zu erleben. Sie waren glücklich und zufrieden, und wenn es einfach so geblieben wäre, dann gäbe es nichts weiter von ihnen zu erzählen.

Aber nach ungefähr zwei Jahren begab es sich, dass die Prinzessin Sjostra zuerst

---

[1] . *Märchen vom Erwachsenwerden*, „Spiegel im Spiegel"

selten, dann immer häufiger Albträume hatte. Immer hatte sie darin Todesangst, oft das Gefühl, etwas Furchtbares getan zu haben. Und immer, immer wieder wurde sie von einem gelben Augenpaar angestarrt. Einmal träumte sie gar, ein großer Vogel fliege in ihr Zimmer und beiße in ihren Arm. Am folgenden Morgen stand das Fenster offen, und Sjostras Arm blutete.

Sjostra litt unter diesen Träumen, und sie fürchtete, den Verstand zu verlieren. Schließlich berichtete sie Manfred davon und erzählte ihm, was sie plagte. Manfred hörte aufmerksam zu und dachte lange nach. Dann legte er Sjostra die Hand auf und lächelte sie an. „Ich glaube nicht, dass du den Verstand verlierst", sagte er, „und ob du auf irgendeine andere Weise krank bist, das werden wir bald wissen. Denn dann wird meine Gabe dich heilen, und die Träume hören auf. Wenn sie aber nicht aufhören, dann haben sie etwas zu bedeuten."

Die Träume kamen wieder, und Manfred riet Sjostra, im Traum einen Spiegel zu suchen und sich selbst darin zu betrachten. Sjostra erinnerte sich daran, als sie wenig später wieder einen Albtraum hatte, und tatsächlich fand sie einen Spiegel. Als sie hineinblickte, sah sie zu ihrer Überraschung ein kleines Kind.

Manfred meinte später dazu: „Es mag sein, dass in deiner Kindheit etwas geschehen ist, was dich noch heute bedrückt. Und dass noch heute etwas deswegen zu tun ist." Sjostra war nicht beeindruckt. „Ich weiß genau, welches Ereignis meiner Kindheit mich noch heute bedrückt", fauchte sie, „es ist der frühe Tod meiner Mutter! Und kannst du mir vielleicht erklären, was man dagegen tun kann?" Das war für eine ganze Weile das letzte Gespräch zwischen den beiden über Sjostras schwere Träume. Aber die Träume gingen weiter.

Einige Monate später erhielt die Prinzessin Sjostra einen Brief ihres Verwalters; das war der Mann, der ihr von der Mutter ererbtes persönliches Vermögen für sie verwaltete. Er meldete Schwierigkeiten mit einem weit entfernten, aber sehr schönen Schlösschen, das seit dem Tod von Sjostras Mutter vermietet war. Neuerdings aber stand es leer. Niemand mochte dort mehr wohnen, denn seit über einem Jahr spukte es dort.

Sjostra und Manfred reisten gemeinsam zu dem entlegenen Schlösschen, das der König einst für Sjostras Mutter erbaut hatte. Der Verwalter und alle Menschen, mit denen sie über das Schlösschen sprachen, waren bleich vor Angst. Niemand, so berichtete der Verwalter, könne dort schlafen. Die Menschen, die es versucht hätten, seien vor Angst wahnsinnig geworden.

„Ich fürchte keinen Spuk", sagte Manfred. „Glaubst du an einen Schwindel?", fragte Sjostra. „Nein", erwiderte Manfred, „der Spuk wird schon echt sein. Aber ich glaube, dass es einen Grund geben wird und eine Erklärung, und eine Lösung vielleicht auch." Entschlossen sagte Sjostra: „Ich gehe mit dir hinein."

So ließen sich die beiden das Schlösschen öffnen und mit allem versorgen, was sie für ein paar Tage darin brauchen würden. Dann blieben sie ohne Diener allein zurück. In den ersten Stunden geschah weiter nichts. Sjostra und Manfred erkundeten alle Räume, ohne auf etwas Besonderes zu stoßen. Dann aßen sie zu Abend und legten sich im Schlafzimmer zu Bett.

Sie erwachten beide zugleich mitten in der Nacht. Ein Rufen erklang wieder und wieder, aber verstehen konnte man es nicht. „Es kommt aus dem Saal", meinte Sjostra. Manfred nickte: „Gehen wir hin."

Manfred nahm die Laterne, und Hand in Hand gingen beide durch den Gang zum Saal. Er war dunkel, und auch die Laterne konnte nur die nächste Umgebung erhellen. Sjostra und Manfred gingen dem Rufen nach in die Mitte des Saales, dorthin, wo sie tagsüber den großen Leuchter gesehen hatten.

Auf einem der Arme des Leuchters saß eine kleine Eule. Ihre Augen leuchteten gelb im Schein der Laterne. Sjostra erstarrte und begann, heftig zu zittern. Sie brachte kein Wort heraus. Manfred sagte zu ihr: „Vielleicht ist das die sprechende Eule, die ich einmal aus dem Brombeerbusch befreit habe." Ruhig und freundlich sagte er: „Nocturna! Erkennst Du mich? Fürchte dich nicht!"

Darauf flog die Eule lautlos auf und kratzte mit ihren Fängen an dem großen Ölgemälde an der Seitenwand des Saales, gegenüber der großen Fensterfront. Noch einmal rief sie, dann war sie fort. Die ganze Zeit über hatte Sjostra gezittert, und Manfred hatte ihre Hand festgehalten. Jetzt atmete die Prinzessin tief aus und fragte: „Ist das die sprechende Eule, die du einst gerettet hast?"

„Ja, das glaube ich", sagte Manfred, „obwohl sie diesmal gar nicht mit mir gesprochen hat. Aber ich stehe ja auch nicht mehr unter einem Zauber. Jedenfalls denke ich, wenn sie nicht Nocturna wäre, hätte sie nicht so auf meine Worte reagiert."

Behutsam näherten sich Sjostra und Manfred dem Ölgemälde. Es zeigte das Ende einer Jagd, das Legen der Strecke. Dort, wo es zerkratzt war, lag ein weißer Schwan am Boden. Wieder zitterte Sjostra: „Der Name meiner Mutter war Swanhild."

Am nächsten Morgen ließen Sjostra und Manfred das Ölgemälde von den Dienern abnehmen. Hinter der Stelle mit dem Schwan untersuchten sie die hölzerne Wandvertäfelung genau. Dort wo es hohl klang, ließen sie eine Holztafel entfernen, und siehe da! - in einem kleinen Fach steckte ein Kistchen aus kostbarem Holz, und in diesem Kistchen waren Schmuckstücke und ein langer Brief. Sjostra las ihn, ruhig und blass. Schwer atmend reichte sie schließlich Manfred den Brief.

„Meine liebe Tochter", begann der Brief, „ich schreibe Dir, weil ich noch nicht vernünftig mit Dir sprechen kann, und weil meine Ärzte sagen, dass ich sterben werde, ehe das möglich ist. Du sollst aber wissen, welch eine Schuld mich drückt, und wer weiß, ob Du mit diesem Wissen einmal eine Seele retten kannst.

Meine Eltern waren Edelleute in diesem Königreich. Sie starben früh und ließen mich gut versorgt aber ohne Geleit zurück. Ein weltgewandter Edelmann verführte mich, fast gegen meinen Willen, und als ich ihn von ganzem Herzen liebte und sein Kind unter meinem Herzen trug, da verließ er mich ohne Zögern und gab mich der Schande preis. Ich hatte nichts, um seine Vaterschaft zu beweisen, und ich war verzweifelt.

Rasch begriff ich, dass dieser Mann mich betrogen hatte, und dass seine Liebesschwüre nichts weiter als leere Worte gewesen waren, allein zu dem Zweck, mein Vertrauen zu gewinnen.

Und dann begegnete ich dem jungen König, einem wahrhaft ritterlichen Mann, aber auch einem strengen. Auch er sprach zu mir von Liebe, aber er verlangte nichts Unschickliches - er wollte mich heiraten. Und ich liebte ihn wahrhaft, denn er war ein guter Mann. Aber ach - ich wusste, wenn er erführe, dass ich das Kind eines anderen in mir trug, würde er, ja müsste er in jedem Falle von mir Abschied nehmen.

In meiner Not vertraute ich mich einer Zauberin an. Sie versprach, mir meine Sorgen zu nehmen. Ich ahnte, was sie meinte, und ich bat sie, das Leben des Kindes zu retten. Sie versprach auch das, nahm von meinem Blut und braute einen bitteren Sud. Ich trank ihn und gebar, noch bevor mein Zustand sichtbar wurde, ein vollkommenes Ei.

Ich fragte, was nun damit geschehen würde, aber die Zauberin sagte, das sei nicht mehr in meiner Hand. Sie nahm das Ei und ging ihrer Wege, und ich habe sie niemals wieder finden können.

Der König heiratete mich, und ich wurde mit ihm glücklich. Und als ich Dich, meine Tochter, in den Armen hielt, war ich so glücklich, wie ich es mir nur wünschen konnte. Aber immer wieder habe ich an das Kind denken müssen, das ich nie in meinen Armen hielt, und mit der Zeit habe ich gar nicht mehr froh sein können.

Ein ganzes Jahr lang bin ich nun schon krank gewesen, und immer wieder habe ich in diesem Jahr eine Eule mit gelben Augen vor meinem Fenster gesehen. Ich bin sicher, dass sie weiß, was ich getan und was ich unterlassen habe. Nun weißt Du es auch. Vergib mir, mein Kind.

Gott segne Dich. Deine Mutter."

Manfred nahm seine Frau in den Arm. Sie zitterte. „Bin ich am Ende schuld am Tode meiner Schwester?", fragte Sjostra stockend. „Nein", antwortete Manfred, „das glaube ich aus zwei Gründen nicht. Erstens gab es dich noch nicht, und zweitens ist deine Schwester nicht gestorben. Ich habe einen Verdacht, aber den kann ich erst in der Nacht aufklären."

In der folgenden Nacht hörten Sjostra und Manfred wieder das seltsame Rufen, aber diesmal ging Manfred allein in den Saal. Wieder sprach Manfred die Eule auf dem großen Leuchter an: „Nocturna, bitte sprich mit mir! Warum bist du hier? Wie bist du hierhergekommen?"

„Im Ei", antwortete die Eule. Manfred atmete tief ein. Mit bebender Stimme fragte er: „Nocturna, bindet dich ein Zauber?"

„In Federn", antwortete die Eule. „Nocturna", fragte Manfred, „kann ich dich befreien?"

„Du nicht", antwortete die Eule. Und im nächsten Augenblick war sie fort.

Den ganzen Tag lang berieten Sjostra und Manfred, was die Worte der Eule bedeuteten. „Sie ist meine Schwester, das ist sicher", sagte Sjostra, „und ich allein kann ihr helfen."

In der folgenden Nacht ging Sjostra allein, als das Rufen erklang. Und als sie unter dem Leuchter stand und die gelben Augen der Eule sah, sagte sie erst leise, dann mit fester Stimme: „Nocturna, ich will dich befreien. Wie kann ich das tun?"

Die Eule schlug mit den Flügeln. „Bleibe bei mir bis zum Morgen." – „Das will ich tun", antwortete Sjostra. Sie blieb bei der Eule, und sie sprachen Stunde um Stunde. Sjostra berichtete der Eule von ihren Albträumen, vom Brief ihrer Mutter und von der Eule, die durch das Fenster ihrer Mutter geblickt hatte.

„Das war ich", sagte Nocturna, „aber ich wusste nicht, was sie getan hatte und wer sie war. Ich wollte nur in ihrer Nähe sein, und ich war sehr, sehr traurig, als sie starb. Erst viel später verstand ich, dass sie eigentlich meine Mutter war."

Nocturna konnte sich an die Hexe erinnern, die sie in einem Kasten aufgezogen und schließlich eines Nachts in die Freiheit entlassen hatte. „Sie hat mir gesagt, dass ich keine Eltern habe", berichtete Nocturna, „und dass ich eigentlich keine Eule bin sondern ein Mensch. Aber sie hat mir auch geraten, im Federkleid glücklich zu sein. Denn im Federkleid müsse ich bleiben, bis ich mein eigenes Fleisch und Blut gekostet hätte. Ich wollte ein Mensch werden, und ich verletzte mich wiederholte Male mit meinem scharfen Schnabel selbst. Doch geholfen hat es nicht. Später, nachdem ich Brombeeren gegessen hatte, die klug machen, verstand ich, dass es um dein Fleisch und Blut ging, und als ich dich gefunden hatte, biss ich dich eines Nachts. Doch geholfen hat es nicht. Da verzweifelte ich und verbarg mich in diesem Jagdschloss. Das alles muss ein Zauber sein, den ich nicht verstehe."

Sjostra überlief ein Schauer. „Arme Nocturna"; seufzte sie, „ich glaube, das verstehe ich besser als du. Denn ich habe Kinder geboren, und ich werde es wieder tun. Du brauchst mein Fleisch und Blut, weil ich dein Fleisch und Blut bin. Aber du darfst es nicht rauben. Es wirkt nur, wenn ich es dir schenke. Warum hast du mich denn nicht gefragt?"

Nocturna schlug mit den Flügeln: „Warum solltest du mir dein Fleisch und Blut schenken?"

Sjostra richtete sich auf und sah der Eule in die Augen: „Weil du mein Fleisch und Blut bist." Und sie streckte ihren rechten Arm der Eule entgegen.

„Ich danke dir", sagte die Eule. Im nächsten Augenblick stach ihr Schnabel in Sjostras rechte Hand. Gleich darauf war sie verschwunden.

Sjostra und Manfred schliefen noch drei Nächte in dem Schlösschen, aber es erklang kein Rufen mehr. Sechs Wochen später, sie waren längst zurück am Hofe, erkannte Sjostra, dass sie wieder ein Kind erwartete.

Während der gesamten Schwangerschaft hatte Sjostra nicht einen einzigen schweren Traum. In der Nacht vor der Geburt träumte sie von einem Schwan. Und als das neugeborene Kind, ein Mädchen, zum ersten Mal die Augen öffnete und seine Eltern ansah, da waren die Augen einige

Sekunden lang gelb. Dann wurden sie, wie Sjostras Augen, blau, und das Baby lächelte für einen Augenblick, obwohl neugeborene Babys doch noch gar nicht lächeln können.

Das Landschaftsbild

Theresia wurde mit siebenundzwanzig Jahren Witwe. Aber der Tod hatte sie schon viel früher tief getroffen. Nicht als ihr Großvater starb - sie weinte um ihn, doch der Großvater war alt, und es war alles in allem in Ordnung, dass er starb. Aber als Theresia vierzehn Jahre alt war, da griff der Tod nach ihrer geliebten großen Schwester Dorchen, siebzehn Jahre alt, strahlend schön und lebensfroh und der Grund, warum Theresias Eltern hatten heiraten dürfen. Es handle sich um eine giftige Mandelentzündung, erklärte der von weit her herbeigeholte Arzt, und der ganze Nutzen dieser Erklärung war, dem Tod einen Namen zu geben.

Dieser Verlust war schrecklich für Theresia, einerseits um der Schwester willen, die sie besonders geliebt hatte, andererseits, weil ihr niemand beistand. Die jüngeren Geschwister konnten das nicht, und die Eltern waren zu sehr mit ihrem eigenen Kummer beschäftigt. Der Pastor im Beichtstuhl sagte freundlich, Dorchen sei jetzt im Himmel, und Theresia sei nun die große Schwester und müsse den kleinen Geschwistern beistehen.

Das tat Theresia, und sie tat es gut, weil sie klug und pflichtbewusst war, und sie wurde erwachsen und selbstsicher und schön, und sie lernte Küche und alles, was eine Bauerntochter können muss. Ans Heiraten dacht sie aber erst, als sie den jungen Eisenbahnschaffner Hermann kennenlernte, der anders war als die Handwerksgesellen und Bauernsöhne aus ihrem Dorf.

Vielleicht lag es daran, dass er so viele verschiedene Dinge konnte, die Zither spielen und Tanzen ebenso wie Kutsche fahren und Reiten. Aber vielleicht lag es auch daran, dass er nachdenklicher war als andere junge Männer. Denn er hatte seinen Vater früh verloren, der als kranker Mann aus dem Krieg heimgekehrt und nie wieder richtig gesund geworden war.

Als Theresia und Hermann nach einem Jahr heirateten, stand schon wieder ein Krieg bevor, und als ihr erstes Kind geboren wurde, da war er bereits ausgebrochen. Er dauerte viele Jahre, und nur selten war Hermann bei seiner Familie.

Meistens war er im fernen Russland, auch als Theresia ihr zweites Kind zur Welt brachte.

Wenige Wochen später hörte Theresia plötzlich Schritte im Treppenhaus. Nein - nicht Schritte: Sprünge wie von einem Mann, der immer zwei Stufen gleichzeitig nahm, so wie Hermann es immer tat. Anschließend hörte Theresia, wie sich die Wohnungstür öffnete, die Schritte in die Küche führten und eine Eisenbahnerlampe auf dem Küchentisch abgestellt wurde. Dann war Stille.

Ein paar Tage später kam der Brief: Hermann war tot, zusammen mit anderen Unbewaffneten von einem russischen Tiefflieger erschossen, gefallen in einem Krieg, in dem er selbst niemals eine Waffe auf einen Menschen gerichtet hatte.

Theresia trug schwarz bis zum Ende des Krieges und darüber hinaus. Sie betete viel, und manchmal, wenn ihre Pflichten das erlaubten, stand sie träumend vor dem Ölbild eines friedlichen Flusstals, das

Hermann und sie zur Hochzeit geschenkt bekommen hatten. Der Maler war Hermanns Freund und hatte dieses Bild und fünf oder sechs andere gemalt, während er auf dem Bauernhof lebte, den Theresias Eltern bewirtschafteten.

Eines Morgens, als beide Kinder in der Schule waren, stand sie wieder vor dem Ölbild und blickte in die Landschaft, von welcher der Maler nicht hatte sagen wollen, wo sie sich befand. Mit einem Eisklumpen im Magen dachte Theresia wieder einmal an ihre Schwester und ihren Mann, und wie so häufig, wenn sie unglücklich war, betete sie den schmerzensreichen Rosenkranz.

Normalerweise tat sie das im Bett, aber diesmal stand sie direkt vor dem Landschaftsbild und blickte betend hinein, als könne sie die Muttergottes dort entdecken, wenn sie sich nur tief genug hineinversenkte.

Als sie bei „der für uns am Kreuz gestorben ist" ankam, hörte und spürte sie plötzlich einen Windstoß und wunderte sich, denn sie hatte nach dem Bettenmachen und dem Lüften alle Fenster geschlossen. Dann wurde ihr bewusst, dass sie nicht mehr in ihrer Wohnung stand, sondern am Ufer eines schmalen Flusses, der sich von den Bergen am Horizont herabwand. Sie wandte sich um, und hinter ihr stand ein Bilderstöckchen mit einem Bildnis der Muttergottes als Himmelskönigin. Von ihrer Wohnung war nichts zu sehen.

Es war ein milder Tag. Die Sonne schien, der Flieder blühte, und die Vögel sangen unbekümmert. Theresia ging los, den Weg am Fluss entlang auf die Berge zu. Es war weit und breit kein Haus zu sehen, aber der Weg war in gutem Zustand, und sie hoffte, dass schon bald ein Bauernhof oder ein Wirtshaus auftauchen werde. Und wirklich, nach der dritten Flussbiegung führte der Weg vom Fluss fort auf eine etwas höher gelegene Ebene und zu einem großen Bauernhaus unter hohen alten Eichen, die im Winde rauschten.

Theresia ging an der Seite des Hauses zum Blumengarten. Dort stand an der Hauswand ein großer gedeckter Tisch mit zwei Bänken. Die Bäuerin saß auf einem geschnitzten Stuhl mit dem Rücken zu Theresia. Im nahen Wald rief ein Kuckuck. Die Bäuerin wandte sich um und stand auf. Sie war jung und schön, und Theresias Herz schlug schneller, als sie ihre Schwester erkannte. „Ich habe so lange auch dich gewartet, Thereschen", sagte Dorchen. Und dann umarmten die beiden einander fest.

Wenig später saßen sie zusammen am Tisch und plauderten, als wären sie nie getrennt gewesen. Dorchen bot Theresia Weißbrot mit guter Butter und Honig an und dazu frischen, heißen Bohnenkaffee. „Wir trinken hier keinen Muckefuck mehr", sagte sie, „hier fehlt es uns an nichts."

„Aber was ist das hier für ein Ort?", fragte Theresia, „ist das etwa der Himmel?"

„Nein", lachte Dorchen, „in den Himmel kommen nur Menschen, die gestorben sind. Der Himmel beginnt hinter den Bergen, aber die Berge sind höher, als man sieht. Dieses Tal ist der Ort, an dem die Seelen verweilen, wenn sie noch nicht Abschied nehmen konnten von den Menschen, die sie lieben. Und ich bin hier, weil ich noch nicht Abschied nehmen konnte von dir."

Theresia spürte, wie ihr die Tränen in die Augen stiegen. „Du hast mir so gefehlt", schluchzte sie, „alles Beten hat nichts geholfen!" Und sie weinte bitterlich. Dorchen umarmte ihre Schwester erneut. „Ich weiß es, liebes Thereschen", sagte sie leise, „ich habe dich sehen können und alles, was dir passiert ist. Ich hätte so gerne auf deiner Hochzeit getanzt!"

Theresia trocknete ihre Tränen und trank noch einen Kaffee. Schweigend sah sie sich um. Plötzlich fiel ihr etwas auf, und sie sah ihre Schwester an und fragte: „Warum steht dort eine Eisenbahnerlampe auf der Gartenmauer?"

„Weil ich hier nicht allein bin", antwortete Dorchen. Und wie zur Bestätigung ihrer Worte erklang weiter hinten im Garten eine Zither, und eine Männerstimme sang „Kein schöner Land in dieser Zeit als hier das uns're weit und breit ..." Theresia stand unsicher auf und ging in die Richtung, aus der die Stimme erklang. Um die Hausecke herum stand ein kleiner Gartentisch. Darauf lag die Zither, und der Mann, der sie spielte, war Hermann. Theresia rief seinen Namen, und im nächsten Augenblick lag sie in seinen Armen. „Ich bin so glücklich, dich wiederzusehen", sagte er, „heute Abend wollen wir zusammen tanzen."

Wirklich trafen nach und nach die Musikanten ein und nach ihnen viele Gäste, die Theresia nicht kannte, die aber mit Dorchen und Hermann vertraut waren. Viele sprachen Deutsch wie sie, aber viele sprachen Französisch, andere Polnisch, und einer, den Theresia zuerst überhaupt nicht mochte, war ein Russe, ein fröhlicher Geselle, dem nichts mehr Freude bereitete, als gemeinsam mit Hermann deutsche Lieder zu singen. „Ich habe ihn getötet mit meinem Flugzeug", sagte er verlegen zu Theresia, „und das tut mir leid. Aber er hat mir vergeben, und heute sind wir Freunde."

Als Theresia ihn verständnislos ansah, mischte Hermann sich ein: „Nikolaj ist schon zwei Wochen später von seinen eigenen Leuten erschossen worden, weil er gesagt hat, er schäme sich, Unbewaffnete getötet zu haben. Als er hier ankam und mich erkannte, hat er gleich versucht, sich im Fluss zu ertränken. Aber wir konnten ihn herausholen, weil die Strömung nicht stark ist, und außerdem war er ja schon tot. Er tat mir leid, und am Ende hat er ja auch nichts davon gehabt."

Theresia und Hermann tanzten die ganze Nacht. Auch Dorchen tanzte, aber nur ein paar Mal. „Es ist nicht deine Hochzeit, Thereschen", sagte sie entschuldigend, „das kann man nicht mehr ändern." Am Morgen gingen Theresia und Hermann schlafen, in einem großen Bett mit weichen

Daunendecken und frisch gewaschenen Bettbezügen. Auch alle anderen Gäste schliefen in dem Bauernhaus, das viel mehr Zimmer hatte, als man von außen gedacht hätte.

Als Theresia erwachte, war sie allein. Aber das Fenster war geöffnet, und draußen sangen die Vögel. Theresia wusch sich und ging in den Garten. Am großen Tisch saßen Dorchen und Hermann und begrüßten sie freundlich. Der Kaffee war köstlich, und die Honigbrote schmeckten besser als alles, was Theresia jemals gegessen hatte. „Ist das wirklich nicht der Himmel?", fragte sie leise. „Nein"; erwiderte Hermann, „wirklich nicht. Es ist eher so etwas wie ein Bahnhof, so wie Altenbeken, wo alle umsteigen müssen, die nach Berlin wollen oder nach München oder nach Wien. Es sind immer viele Menschen dort, aber wirklich wohnen tun dort nur sehr wenige. Auch in diesem schönen Tal bleibt niemand für immer. Aber du darfst hier bleiben, so lange du willst."

Einen Augenblick lang hüpfte Theresias Herz. Dann wandte sie sich an ihre Schwester: „Kann ich die Kinder hierherholen?" Dorchen schüttelte den Kopf. „Nein", sagte sie, „das heißt: den Hans schon, denn er hat wie du das zweite Gesicht. Aber Anton hat es nicht, der kann nicht hierherkommen, bevor er gestorben ist. Und das wird früh genug geschehen."

„Warum ist das überhaupt möglich?", wollte Theresia wissen, „warum konnte ich in das Landschaftsbild hinein?"

„Das liegt an der Palette", erklärte Hermann, „die der Maler benutzt hat. Sie gehörte ursprünglich einem Ikonenmaler, der als heilig galt. Mein Freund, der Maler, hat vermutet, dass sie aus einem Stück vom echten Andreaskreuz bestand. Ich habe nie viel von Heiligenreliquien verstanden, aber dass es etwas damit auf sich gehabt haben muss, das sieht man ja nun."

Auch an diesem Abend fand ein Fest statt, und es kamen noch mehr Gäste als zuvor. Theresia wusste ja nun, dass sie nicht im

Himmel war, aber viel schöner, so dachte sie, konnte es dort auch nicht mehr sein. Wieder tanzte sie mit ihrem Mann, bis ihr zumute war, als könne sie mit ihm zusammen fliegen, und wieder ging sie erst am Morgen zu Bett. Dorchen tanzte diesmal überhaupt nicht. Sie saß am Rande und trank mit Nikolaj, dem Russen, süßen Wein.

Es war spät, beinahe schon Mittag, als Theresia erwachte, und als sie in den Garten kam, standen dort Dorchen und Hermann nebeneinander und erwarteten sie. „Du musst dich heute entscheiden", sagte Dorchen mit belegter Stimme, „ob du für immer hierbleiben oder in die Welt der Lebenden zurückgehen willst. Wenn du heute Abend wieder mitfeierst beim Tanzfest, dann hast du hier Wohnrecht, aber du kannst nicht mehr zurück."

„Aber was ist mit den Kindern?", fragte Theresia erneut. Hermann versuchte etwas zu sagen, brachte aber kein Wort heraus. Dorchen holte tief Luft. Dann sagte sie mit fester Stimme: „Deine Kinder haben ihr eigenes Leben. Du könntest den Hans hierherholen, aber dann kann er nicht mehr zurück. Und der Anton kann erst hierher kommen, wenn er gestorben ist, viele Jahre in der Zukunft."

„Dann kann ich leider nicht hierbleiben", sagte Theresia traurig, „ich liebe euch, aber die Kinder liebe ich auch, und wenn sie schon keinen Vater mehr haben, so soll ihnen nicht auch noch dazu die Mutter genommen werden."

Da erklang ein tiefes Seufzen, und dann lachte Hermann und rief: „Das hast du gut gemacht, meine liebe Frau, und Gott wird Dir danken, wenn du wieder hierher kommst. Komm nun, meine Liebste, wir bringen dich zu dem Ort zurück, an dem du dieses Tal betreten hast."

Dorchen und Hermann nahmen Theresia in die Mitte und gingen mit ihr zum Ufer des Flusses und den Weg am Ufer entlang. Vögel sangen, Bienen summten, und der Duft von Jasmin und frisch geschnittenem Gras erfüllte die Luft. Schließlich kamen sie an dem Bilderstöckchen mit dem Bild der Muttergottes als Himmelskönigin an. Dorchen und Hermann umarmten und küssten Theresia dort.

Dann sagte Dorchen: „Nimm nun deinen Rosenkranz und bete, was dir in den Sinn kommt. Du kehrst dann heim, und wir gehen unserer Wege."

„Werdet Ihr zum Tanzfest gehen?", fragte Theresia leise. „Nein", antwortete Dorchen, „Wir werden in den Himmel fliegen und dort auf dich warten. Aber es wird nicht wie Warten sein."

Theresia bekreuzigte sich, und auch ihre Schwester und ihr Mann schlugen das Kreuzzeichen. Dann begann Theresia, den glorreichen Rosenkranz zu beten. Als sie bei „der dich, o Jungfrau, im Himmel gekrönt hat" ankam, sah sie plötzlich zwei Schwalben fortfliegen. Im nächsten Augenblick stand sie in ihrem eigenen Wohnzimmer. Die Turmuhr der nahen Kirche schlug zwölf.

Der gläserne Würfel

Als Robert 19 Jahre alt war, musste er in den Krieg ziehen. Er war nicht gerne Soldat geworden. Er hatte Angst davor, Menschen zu töten, und er hatte Angst davor, getötet zu werden. Ein alter Soldat hatte Mitleid mit ihm und wies ihn zu einer uralten Marketenderin, die im Rufe stand, Zauberkräfte zu haben.

Als Robert allein den großen dunklen Wagen der Marketenderin erklomm, saß sie in einem hohen Lehnstuhl und sprach ihn mit seinem Namen an: „Ich wusste, dass du kommst, junger Robert. Ich kann dir helfen, wenn du tust, was ich sage. Willst du das tun?"

Als Robert nickte, winkte die alte Marketenderin ihn zu sich und bedeutete ihm, auf dem Stuhl gegenüber Platz zu nehmen. Auf dem Tisch dazwischen stand ein Kessel mit einer brodelnden Flüssigkeit auf einer Flamme. Ein Duft von Thymian und Lilien stieg von dem Kessel auf.

„Ich braue für Dich einen Zaubertrank", sagte die Marketenderin, „der dich unverwundbar machen wird. Dazu brauche ich ein wenig von deinem Blut.

Halte deine Hand über den Kessel." Robert gehorchte, und die Marketenderin machte mit einem großen Messer einen winzigen, kaum schmerzenden Schnitt, hielt Roberts Hand kurz fest und ließ dann los. Sie rührte die brodelnde Flüssigkeit um, murmelte einen langen Spruch in einer fremden Sprache, stellte die Flamme ab und goss die Flüssigkeit aus dem Kessel in zwei Schalen. Die eine schob sie vor Robert, die andere nahm sie selbst.

„Trink", sagte sie, „dann wirst du unverwundbar sein." Robert trank. Die alte Frau trank auch. „Eins ist noch wichtig", sagte die alte Frau, „damit der Schutz auch wirksam ist: Du musst tapfer kämpfen, und du musst deine Feinde töten. Ihr Blut muss vergossen werden, damit deines unvergossen bleibt. Zeige keine Gnade!"

Drei Tage später begann der Feldzug. Und schon drei Wochen später standen Robert und seine Kameraden zum ersten Mal dem Feind gegenüber. Robert hielt sich tapfer und erschlug einen feindlichen Soldaten, der ihn zu töten versuchte.

Am Abend des nächsten Tages wurde die Gruppe, zu der Robert gehörte, auf dem Marsch angegriffen. Mehrere von Roberts Kameraden wurden getötet, aber die Feinde wurden abgewehrt. Robert stürmte ihnen mit dem Schwert in der Faust nach, als sie sich zur Flucht wandten. Einer stolperte und fiel, und bis er wieder stand, hatte Robert ihn eingeholt. Der andere schlug kraftlos mit dem Schwert nach Robert. Robert wich aus und traf den anderen am Arm. Er ließ das Schwert fallen. Robert hob sein Schwert und ließ es heruntersausen. Der andere fiel zu Boden und bewegte sich nicht mehr.

Drei Tage später nahm Robert mit seinen Kameraden an einer großen Schlacht teil. Mehrmals war er dabei im dichtesten Getümmel. Aber wie durch ein Wunder blieb er unverletzt. Am Abend lobte der Hauptmann vor der Kompanie Roberts Tapferkeit, und die Kameraden raunten einander zu, er sei eisenfest.

In der Nacht hatte Robert einen seltsamen Traum: Ihm war, als schwebe er in einem gläsernen Haus hoch über der Erde, fernab von aller Not, aber auch von aller Freude.

Im Verlaufe des Feldzugs war Robert noch mehrmals an Gefechten beteiligt, aber nie wurde er verwundet. In vielen Nächten schlief er traumlos, aber wenn er träumte, dann träumte er von dem gläsernen Haus.

Eines Tages widerfuhr ihm etwas Seltsames. Ein feindlicher Soldat warf vor ihm sein Schwert zu Boden und hob wie bittend die Arme. Alles ging sehr schnell, und Robert hatte sein eigenes Schwert schon gehoben, um dem Mann zu erschlagen. Einen Wimpernschlag lang überlegte er, den Mann zu schonen. Doch dann erinnerte er sich an die Mahnung der Marketenderin: „Zeige keine Gnade." Robert erschlug den Feind.

Am Abend überreichte ihm der Oberst einen Beutel Silber, und die Kameraden feierten ihn. Sie sangen ihre Lieder, und Robert war ihr Held. Aber Robert selbst fühlte sich sonderbar, als wäre er weit fort. Er ging früh schlafen an diesem Abend.

Als Robert erwachte, war er allein. Es war hell, aber er spürte keine Wärme. Er hörte auch nichts, weder Menschen noch Tiere. Er stand auf und fiel im nächsten Augenblick auf Hände und Knie. Er befand sich hoch über der Erde in einem großen gläsernen Würfel. Tief unter sich konnte er Soldaten sehen. Sie trugen dieselbe Uniform wie er, aber er hatte nicht das Gefühl, einer von ihnen zu sein. Große Höhen hatte Robert nie ertragen können, aber jetzt spürte er keine Angst. Er spürte auch keine Kälte und weder Hunger noch Durst. Am Boden neben sich entdeckte er einen Beutel. Er öffnete ihn und fand ihn voller silberner Taler. „Nützlich", dachte er, „ich kann mir kaufen, was ich will." Aber so lange er auch nachdachte, ihm fiel nichts ein, was er hätte kaufen wollen.

In der nächsten Nacht träumte Robert, er sei Soldat und ziehe in den Krieg. Gefecht folgte auf Gefecht, und stets blieb er siegreich. Aber er verstand weder, worum es in diesem Krieg ging, noch wohin die Soldaten zogen, zu denen er gehörte. Und immer wenn er erwachte, war er in dem gläsernen Würfel.

Oft lag Robert auf dem Rücken und blickte in den Himmel. Oft blickte er auch zu den Soldaten hinunter und sah, dass sie marschierten. Aber sie marschierten nicht von ihm fort. Er blieb immer über ihnen. Und doch spürte er keine Bewegung.

Tage und Nächte vergingen, wie viele, das vergaß Robert schnell, denn sie waren alle gleich. Eines Nachts aber sah er, als er auf dem Rücken lag und nach oben blickte, eine Sternschnuppe, und ihm fiel im Bruchteil einer Sekunde ein, dass er sich als Kind immer gewünscht hatte, einen Engel zu sehen. Aber da war die Sternschnuppe auch schon wieder erloschen.

Als es kurz darauf Tag wurde, stand eine hohe Gestalt vor ihm, leuchtend und schön. Sie war das schönste Wesen, das Robert je gesehen hatte. Der übermächtige Wunsch, diese Gestalt in den Armen zu halten, verdrängte alles, sogar die Gleichgültigkeit in seinem Herzen. Er stand auf, breitete die

Arme aus und trat auf sie zu. Im nächsten Augenblick berührte ihn die Gestalt mit der linken Hand und schleuderte ihn mühelos zu Boden, und mit der rechten Hand zog sie ein Schwert hervor und legte es vor sich auf den gläsernen Boden. Die Klinge des Schwertes war aus Feuer.

„Du bist wohl nicht gescheit", sagte die Gestalt, „für diese Art Liebe suchst du dir besser eine Frau. Aber so wie es um dich steht, geschieht das nur im Traum. Schau!" Und der gläserne Würfel schien tiefer zu sinken, näher an die Erde und an die Soldaten heran, so nahe, dass Robert einzelne Soldaten erkennen konnte. Einer davon, der gerade einen Feind erschlug, schien ihm vertraut. „Wer ist das?", fragte er.

„Das bist du", sagte die Gestalt, „du bist ein sehr wirksamer Soldat. Solche wie dich kann man gut gebrauchen. Es fragt sich nur, wer dich gebraucht. Schau!" Und der gläserne Würfel bewegte sich in Richtung des feindlichen Heeres, bis er einen großen dunklen Marketenderwagen sah, der von neun Pferden gezogen wurde, aber keinen Kutscher hatte. „Schau hinein!", sagte die Gestalt, und plötzlich war der gläserne Würfel in dem dunklen Wagen. In einem Lehnstuhl saß eine Frau mittleren Alters vor einem kleinen Tisch und füllte aus einem immerzu vollen Kessel Schale um Schale mit einer brodelnden Flüssigkeit. Und Schale um Schale trank sie aus.

Jähes Erkennen durchzuckte Robert. „Aber sie gehört zu uns!", rief er aus. „Sie hat mir geholfen!" Die Gestalt schüttelte den Kopf: „Sie gehört nicht zu euch. Zu euren Feinden gehört sie auch nicht. Und ob sie dir geholfen hat, das vermag ich nicht zu sagen. Aber ich weiß, dass sie vielen gibt, was sie dir gegeben hat."

Im nächsten Moment schwebte der gläserne Würfel wieder über den Soldaten. Es war jetzt Abend, und sie lagerten. „Ich werde dich jetzt verlassen", sagte die Gestalt. Plötzlich spürte Robert Schmerz, Angst und Trauer. „Bitte", sagte er,

„kannst du nicht noch bleiben? Ich habe so lange Zeit mit keinem Menschen gesprochen, und ich kann hier nicht fort!"

Die Gestalt schüttelte den Kopf und steckte ihr flammendes Schwert in die Scheide: „Ich bin kein Mensch, und dass du hier nicht fortkannst, das ist nicht mein Werk sondern deins." Robert hob die Hände: „Aber was ist denn mit mir geschehen?"

Die Gestalt sah ihn traurig an: „Was mit dir geschehen ist? Du bist unverwundbar." Ein einziges Mal strich die Gestalt Robert über das Haar. Dann war sie verschwunden. Robert war allein. Es war Nacht. Und zum ersten Mal, seit er in dem Glaswürfel war, fror er.

Als er einschlief, träumte er wieder von den Soldaten. Und diesmal sah er im Traum den großen dunklen Wagen der Marketenderin. Der Wagen wirkte neuer als bei seinem ersten Besuch, aber nicht durch Austausch einzelner Teile, sondern so, als sei er im Ganzen besser in Schuss. Robert schlich sich heran und wollte hineingehen. Mit einem seltsamen Gefühl im Bauch stieg er die Treppe hinauf und klopfte. Nichts geschah. Robert drückte die Klinke hinunter. Aber die Tür war abgeschlossen.

Robert stieg vom Wagen hinab und verbarg sich im Gebüsch, um zu beobachten, was geschah. Wenig später kam ein Soldat und kletterte zum Wagen hinauf. Ihm öffnete sich die Tür. Eine Viertelstunde später kam er wieder heraus und ging erleichtert davon.

Jetzt stieg Robert wieder hinauf und klopfte an. „Lasst mich ein", rief er, „verleugnet Euch nicht vor mir!" Die Tür öffnete sich. Im dunklen Wagen erkannte Robert die Marketenderin, die in ihrem Lehnstuhl saß. Aber sie war jung geworden und beinahe schön. „Ich habe dich unverwundbar gemacht", sagte sie, „was willst du nun noch von mir?" Leise sagte Robert: „Ich will wieder Freude fühlen und Hoffnung und Liebe." Da lachte die Marketenderin und lachte und lachte, dass es an den Wänden ihres Wagens widerhallte. „Nicht bei mir wirst du das finden", sagte sie dann, „und du wirst sterben, wenn du es gefunden hast. Nun geh' und behellige mich nicht wieder. Ich nehme mein Geschenk auf keinen Fall zurück." Robert protestierte und wollte nach der Marketenderin greifen. Aber sie hauchte ihn nur an, und er fiel besinnungslos zu Boden.

Als er erwachte, war er wieder im Glaswürfel. Er fror, aber darüber hinaus spürte er nichts. Er wusste nicht, ob Minuten oder Stunden vergingen. Die Worte der Marketenderin hallten in ihm nach. Er wusste nicht, was sie mit ihm gemacht hatte. Sie hatte ihn unverwundbar gemacht, das stimmte. Aber seine Freundin war sie nicht, und Mitleid hatte sie weder mit ihm noch mit sonst einem Menschen. „Ich gehe wieder zu ihr", nahm er sich vor, als er frierend einschlief.

Im Traum stieg er wieder den Marketenderwagen hoch. Die Tür war geöffnet, und die Marketenderin saß im Lehnstuhl. Robert zog sein Schwert und drohte ihr. Sie sah ihn unverwandt an. „Ich kann dir nicht geben, was du suchst. Denn all das sind nur Trugbilder. Und das größte Trugbild ist die Liebe. Liebe gibt es in Wirklichkeit nicht. Alles, was es in Wirklichkeit gibt, ist der Tod. Und ich allein kann dich vor ihm bewahren. Aber nur, wenn du niemals Gnade zeigst."

Robert steckte sein Schwert weg. Dann holte er tief Atem und antwortete: „Ich spüre lähmende Angst vor dem Tod. Sie ist alles, was ich spüre."

Die Marketenderin lächelte. „Wie klug du bist", sagte sie, „der Tod ist das einzig wirkliche, und so ist es richtig, allein ihn zu fürchten."

Robert erinnerte sich an den Besucher mit dem Flammenschwert. „Aber ich habe einmal große Sehnsucht gespürt nach der Liebe", sagte er, „und ich weiß, dass diese Sehnsucht echt war und kein Trugbild."

Die Marketenderin schüttelte den Kopf: „Jetzt bist du nicht klug, denn du verwechselst Traum und Wirklichkeit, Wunsch und Erfüllung. Was hast du von wahrer Sehnsucht, wenn ihr Ziel ein Trugbild ist? Nichts! Geh und kämpfe, sei tapfer und töte, nur dann wirst du leben und dem Tode entrinnen. Wenn du ein einziges Mal Gnade zeigst, bist du des Todes."

Zurück im Glaswürfel war Robert zuerst verwirrt, dann sehr, sehr unglücklich. Er begriff nun, dass er nur deshalb fror, weil er sich nach Wärme sehnte. Ihm war zum Weinen zumute, aber Tränen hatte er nicht.

Im nächsten Traum wurden Robert und seine Kameraden in eine Stadt auf einem Berg geschickt, um neugeborene Kinder zu suchen. Von diesen Kindern, sagte der Hauptmann, gehe die Gefahr einer großen Seuche aus. Sie müssten getötet werden, um König und Vaterland zu retten. Und Robert und seine Kameraden durchsuchten die Stadt.

Robert fand nur ein einziges neugeborenes Kind, und die Mutter flehte ihn um Gnade für ihr Baby an. Robert hielt inne und sah die Frau ratlos an: „Wenn ich Gnade zeige, dann muss ich selber sterben." Die Frau fiel auf die Knie und sagte: „Töte mich anstelle meines Kindes, dann hast du keine Gnade gezeigt. Ich bin bereit, für mein Kind zu sterben, weil ich es liebe."

„Aber die Liebe ist doch nur ein Trugbild", sagte Robert, als er sein Schwert über der Frau hob. „Nein", antwortete sie, „meine Liebe zu meinem Kind ist wahr, und mein Kind selbst ist auch wahr. Ich weiß nicht, ob meine Liebe stärker ist als der Tod, aber ich weiß, dass sie stärker ist als meine Angst vor dem Tod."

Robert hob sein Schwert noch höher. Noch schlug er nicht zu. Er hörte das Kind weinen. Er hörte die Mutter atmen. Und in seinem Kopf erklang die Stimme der Marketenderin: „Wenn du ein einziges Mal Gnade zeigst, bist du des Todes."

Das Feuer im Kamin flackerte. Robert blickte auf die glänzende Klinge seines Schwertes und sah, wie sich die Flammen darin spiegelten. Einen Augenblick lang dachte er an den Besucher mit dem Flammenschwert. Wenn nun die Sehnsucht doch nicht sinnlos wäre? Die Holzscheite knackten. Robert atmete tief aus und ließ sein Schwert sinken. „Ich zeige euch Gnade", sagte er dann langsam und steckte sein Schwert in die Scheide, „verbergt euch, bis die Soldaten fort sind." Dann verließ er das Haus und folgte seinen Kameraden. Aber das Schwert ließ er stecken. An diesem Abend ging Robert in seinem Zelt schlafen, und er träumte, er sei wieder im Glaswürfel. Aber der Glaswürfel sank immer schneller immer tiefer, bis er schließlich am Boden zerschellte. Von dem Lärm erwachte Robert, und rasch ging er vor das Zelt, gerade noch rechtzeitig, um eine Sternschnuppe ganz in der Nähe niedergehen zu sehen. Robert hörte das Klirren von Glas, und als er die Absturzstelle gefunden hatte, lagen dort viele Glasscherben herum. Robert hob eine auf und spürte einen leichten Schmerz. Dann sah er seinen Finger bluten, und er wusste, dass er nicht mehr unverwundbar war.

Robert fühlte große Erleichterung. Er fror nicht mehr. Und wenn er an den Tod dachte, dann hatte er zwar noch Angst. Aber die Angst lähmte ihn nicht mehr. Am nächsten Tag sprach er einen Kameraden an, der besonders furchtlos zu sein schien, und berichtete ihm vom Zaubertrank der Marketenderin. Und der Kamerad berichtete, dass auch er diesen Zaubertrank genommen habe.

So war es in den nächsten Wochen oft: Mehr und mehr Kameraden bestätigten Robert, dass sie unverwundbar waren durch den Zaubertrank der Marketenderin. Mehr und mehr Kameraden gestanden Robert, dass sie gnadenlos seien, um nicht sterben zu müssen. Als letzter bestätigte ihm das auch der Hauptmann.

Da machte Robert dem Hauptmann und seinen Kameraden den Vorschlag, der Gnadenlosigkeit abzuschwören. „Gnadenlos bedeutet ausweglos", sagte

Robert, „und das Leben ist mehr als die Flucht vor dem Tod."

Einige Kameraden waren neugierig. Aber die meisten lehnten Roberts Vorschlag ab. Einige warfen ihm sogar vor, im Sold der Feinde zu stehen und ihre Kampfkraft schwächen zu wollen. Am Ende beschlossen sie, dass Robert sich einem Gottesurteil stellen müsse. Der Spanier, der beste Fechter unter den Kameraden, trat gegen ihn an.

Der Kampfplatz war vor dem Wagen der Marketenderin abgesteckt. Robert war etwas schneller als der Spanier, und zweimal traf er ihn. Aber der Spanier blutete nicht, denn er war unverwundbar. Am Ende parierte der Spanier geschickter und schlug genauer zu, und schließlich traf er Robert schwer am linken Bein, so dass dieser nicht mehr stehen konnte. Der Kampf war verloren. Und aus dem Wagen forderte eine triumphierende Stimme: „Töte ihn! Töte ihn jetzt! Zeige keine Gnade!"

Robert neigte den Kopf. Aber der Spanier wandte sich zu seinen Kameraden: „Seht, Kameraden, er blutet! Er ist wirklich verwundbar, und er hat trotzdem diesen Kampf gewagt. Seine Tapferkeit ist größer als meine. Ich wäre ein schlechter Soldat, wenn ich ihn jetzt erschlüge." Und er wandte sich Robert zu und sagte: „Ich zeige dir Gnade."

Die Kameraden applaudierten, denn Tapferkeit galt ihnen viel. Aber aus dem Wagen der Marketenderin erklang der zornige Ruf: „Der Spanier steht für euch alle! Ihr müsst alle sterben, wenn ihr den Verräter nicht tötet. Tötet ihn und den Spanier!"

Da traten einige Kameraden Robert und dem Spanier zur Seite. Wieder klang es aus dem Wagen: „Tötet sie! Rettet eure Unverwundbarkeit! Rettet euer Leben!"

Wieder trat ein Soldat zu Robert und dem Spanier. Es war der Trommler. Laut und deutlich sagte er: „Ich stehe dort, wo die

Tapferkeit größer ist. Lasst uns alle dort stehen!"

Wieder klang es aus dem Wagen, diesmal ein wenig schriller: „Gebt den Tod, sonst erleidet ihr den Tod! Wenn ihr die Unverwundbarkeit aufgebt, dann gehe ich zu den Feinden und mache sie alle unverwundbar!"

Einige Soldaten erschraken. Aber die meisten begannen zu lachen, und am Ende lachten alle. Schließlich trat der Hauptmann vor und rief: „Ich will nicht weniger tapfer sein als ihr. Ich zeige euch Gnade."

Die Kameraden jubelten und lachten. Und als ein schriller Schrei aus dem Wagen erklang, da lachten sie noch mehr. Und während sie lachten, erschien es ihnen, als werde der Wagen der Marketenderin vor ihren Augen brüchig und morsch. Erst brach die eine Achse, dann die andere, und während lautes Keifen aus dem Wagen erklang, brach er in einer Staubwolke auseinander. Als der Staub sich legte, sah man eine alte, gebeugte Frau über die Trümmer klettern. Sie stützte sich auf einen Stock und trug einen großen Kessel. Zornig blickte sie die Soldaten an und schrie: „Ihr könnt mich nicht töten!"

Einige Soldaten lachten, aber die meisten schwiegen beklommen. Da humpelte Robert vor und sah der Marketenderin ins Gesicht. „Ihr habt mich und uns alle betrogen. Und ich weiß, dass ihr dasselbe mit unseren Feinden getan habt. Aber ich will euch nicht töten. Ich zeige euch Gnade."

Da schrie die Marketenderin auf wie vor Schmerzen. Sie krümmte sich, ließ erst ihren Kessel fallen, dann ihren Stock, und mit einem leisen Knall zerfiel sie zu Staub. Die Soldaten starrten fassungslos auf die Stelle, wo vor wenigen Augenblicken noch die furchteinflößende Marketenderin gestanden hatte. Dann brachen sie in Jubel und Gelächter aus, und sie lachten und feierten den ganzen Abend lang.

Am nächsten Morgen sendeten sie den Feinden einen Boten, der die Geschichte von der Marketenderin und ihrem Ende erzählte. Als die Feinde das hörten, staunten sie zuerst. Dann lachten auch sie. Und auch sie beschlossen, fortan Gnade zu zeigen, verwundbar zu sein und über den Tod zu lachen.

Robert erholte sich von seiner Verletzung und wurde wieder ganz gesund. Da er nicht mehr töten wollte, erhielt er einen ehrenvollen Abschied. Später heiratete er und hatte Kinder und Enkel. Er starb als Großvater, und als er starb, weinte er über den Abschied von den Menschen, die er liebte. Aber er lachte über den Tod.

Das war nicht das Ende aller Kriege. Aber es war der Beginn friedlicherer Tage. Sie sind bis heute nicht vorüber.

Die Marketenderin kehrt nicht zurück. Ihren Zauberkessel vergruben die Soldaten tief in der Erde. Und niemand hat ihn bis heute gefunden.

Freund und Feind

Zum ersten Mal sah Thomas den Tiger auf dem Schulhof. Nur Thomas sah ihn, niemand sonst. Es war sein erster Winter im Apfelweintal. Die Lehrer in der neuen Schule mochten ihn. Bei den Schülern war er weniger willkommen. Er las viel und lernte leicht, und die anderen Schüler gaben ihm die Schuld an ihren eigenen schlechten Noten. Im Unterricht blickten sie nur finster vor sich hin, aber in den Pausen beschimpften sie ihn laut. Immer öfter schubsten und rempelten sie ihn, und immer wieder rief Thomas: „Lasst mich in Ruhe!" Viel half das nicht, aber die Pausen waren kurz, und manchmal tauchten Lehrer auf. Sie sahen nichts und taten nichts, aber wenn einer von ihnen in der Nähe war, hatte Thomas meistens Ruhe.

An diesem Tage aber waren mehrere Lehrer krank, und der Erdkundeunterricht fiel aus, so dass die Klasse eine ganze Stunde lang auf dem Schulhof blieb. Es lag Schnee, und die Schüler begannen eine Schneeballschlacht. Zuerst war sie, wie immer, zwar ein bisschen zu wild, aber trotzdem noch ein Spiel. Doch auf einmal rief der breitschultrige Jürgen, der

Anführer von Jürgens Bande: „Und jetzt alle auf Thomas!"

Plötzlich warfen alle Schüler ihre Schneebälle auf Thomas, nicht alle gleich fest, und nicht alle gleich oft, aber nicht einer stand ihm bei. Vierzig Schneebälle lang hielt Thomas das aus. Dann begann er zu weinen und lief weg. Die übrigen Schüler, ungefähr dreißig, liefen ihm johlend hinterher.

Thomas rannte und rannte, und immer wieder hörte er hinter sich die Rufe des breitschultrigen Jürgen. Als er um den Fahrradschuppen am Flussufer bog, glitt er aus und fiel tief ins Gebüsch. Er konnte sich gerade noch rechtzeitig festhalten, um nicht in den Fluss zu fallen. Eilig wollte er wieder hochklettern, denn er hatte größere Furcht vor dem gurgelnden Hochwasser als vor den johlenden Schülern.
„Warte!" hörte er da eine leise Stimme neben sich, und er blieb still liegen, gerade so tief im Gebüsch, dass die vorbeilaufenden Schüler ihn nicht sehen konnten.

Als letzter lief der breitschultrige Jürgen vorbei. Direkt hinter ihm ging, ganz ohne Hast und dennoch sehr schnell, ein Tiger, so groß wie ein kleines Pferd. Ein tiefes Grollen erklang, und Thomas erstarrte vor Angst. Als das Grollen verklungen war, sagte die leise Stimme: „Jetzt! Lauf' schnell in den Klassenraum!" Thomas kroch aus dem Gebüsch, sprang auf und lief los. An der Ecke des Fahrradschuppens hielt er inne und drehte sich um. Vor dem Gebüsch stand ein Junge in seinem Alter. Seine Kleider wirkten seltsam. „Danke!", rief Thomas. Der Junge hob den Arm. Thomas winkte, drehte sich um und rannte weiter. Er erreichte das Klassenzimmer ungestört.

Am nächsten Morgen hatte Thomas hohes Fieber und musste im Bett bleiben. Er schlief den ganzen Tag und wurde erst wieder wach, als es dunkel war. Seine Mutter saß am Bett, gab ihm zu trinken und steckte ihm danach das Fieberthermometer in den Mund. Nach kurzer Zeit nahm sie es an sich und seufzte: „Gott sei Dank! Endlich! Das Fieber sinkt."

Als Thomas wieder erwachte, war es dunkel und still. Nur seine Nachttischlampe brannte. Seine Mutter war zu Bett gegangen. Aber auf dem Stuhl vor dem Schreibtisch saß der Junge mit den seltsamen Kleidern. „Fürchte dich nicht", sagte der Junge, und Thomas schlief wieder ein.

Nach drei Tagen war Thomas wieder gesund. Aber er fürchtete sich davor, wieder in die Schule zu gehen. Schließlich vertraute er sich seinem Vater an und erzählte ihm von der Hetzjagd. Den Tiger und den Jungen mit den seltsamen Kleidern erwähnt er aber nicht. „Du musst dich wehren", sagte der Vater, „Du darfst nicht mehr fortlaufen. Spürst du denn gar keine Wut?" – „Doch", sagte Thomas leise. – „Nutze die Wut", sagte der Vater.

An diesem Tag blieb es in der Schule ruhig. Aber am nächsten Tag standen die anderen Schüler vor dem Schulgebäude, als Thomas eintraf. "Der Streber kommt", rief der breitschultrige Jürgen, und johlend umringten die anderen Schüler Thomas. Tränen stiegen ihm in die Augen, und er riss sich los und lief Richtung Flussufer davon. Vor dem Gebüsch am Flussufer sah er einen großen Tiger, und er hörte ein tiefes Grollen. Plötzlich spürte er große Wut, und er drehte sich um und sah, wie der breitschultrige Jürgen auf ihn zustürmte. Wieder hörte Thomas das tiefe Grollen, aber diesmal kam es aus ihm selbst. Er blieb stehen und ballte die Fäuste. Im allerletzten Moment wich er dem breitschultrigen Jürgen aus und stellte ihm ein Bein. Jürgen stolperte und stürzte in den Schneematsch. Die anderen Schüler verstummten. Jürgen stand auf. Sein Gesicht war rot. „Ich schlage dich tot", knurrte er.

Da erklang die Stimme der Deutschlehrerin: „Was ist hier los? Alle in die Klasse!" Zuerst atmete Thomas auf, aber die folgende Unterrichtsstunde wurde entsetzlich für ihn. Denn die Lehrerin fragte die Schüler, was sie gegen ihn hätten. Und viele schimpften, er sei eingebildet und ein Besserwisser und ein Streber, und das Mädchen, in das er verliebt war, die schönste der Klasse, erzählte von dem Gedicht, das er ihr geschrieben hatte. Da lachte die ganze Klasse Thomas johlend aus. Die Lehrerin aber sagte: „Ihr solltet euch schämen! Den Besseren von euch traue ich zu, dass sie sich eines Tages tatsächlich schämen werden! Von nun an lasst ihr Thomas in Ruhe. Sonst müsst ihr nachsitzen, bis ihr schwarz werdet!"

Thomas fühlte sich grauenvoll. Aber von da an ließen ihn alle in Ruhe. Dann, es waren zwei Wochen vergangen und die ersten Schneeglöckchen blühten, sah Thomas plötzlich, dass Jürgen und seine Bande und fast alle anderen Schüler der Klasse johlend hinter dem kleinen Tobias herliefen. Thomas war zuerst erleichtert. Und obwohl er an diesem Tag am Fahrradschuppen einen großen Tiger sah, hatte er keine Angst.

Aber als er mitten in der folgenden Nacht aufwachte, saß der Junge mit den seltsamen Kleidern an seinem Bett. „Fürchte dich nicht", sagte der Junge, „denke über das nach, was du erlebt hast!! Was glaubst du wohl, wie sich der kleine Tobias fühlt?" Dann war der Junge fort. Und Thomas schämte sich.

Drei Tage später sah er wieder, wie Jürgen und seine Bande den kleinen Tobias jagten. Zuerst war Thomas erleichtert, weil die Jagd nicht ihm selbst galt. Dann aber dachte er an den seltsam gekleideten Jungen, und er schämte sich. „Der kleine Tobias fühlt sich genauso wie ich", dachte er, und obwohl er Angst hatte, stellte er sich dem breitschultrigen Jürgen in den Weg. „Du darfst das nicht!", schrie er ihn an, „alle gegen einen, das ist feige!" Jürgen zögerte. „Wenn du den kleinen Tobias noch einmal bedrohst, kämpfe ich mit dir!", rief Thomas. Jürgen lachte. Aber er ging fort, und seine Bande ging mit ihm.

Thomas und Tobias wurden Freunde. Sie verstanden sich gut, obwohl Tobias andere Bücher las als Thomas und auch viel stiller war.

Eines Tages kamen die beiden vom Hang des Berges zurück ins Tal. Sie hatten am ersten warmen Frühlingstag Papierflieger segeln lassen und sich gefreut, wenn die Flieger immer weiter flogen. Nun dämmerte der Abend, und es war Zeit, nach Hause zu gehen.

Aber noch vor den ersten Häusern des Dorfes warteten zwei Jungen mitten auf der Straße auf sie. Der eine war der breitschultrige Jürgen. Der andere war ein großer blonder Bursche, vor dem alle Schüler Angst hatten. Ede wurde er genannt, und es hieß, er habe einmal einen Lehrer zusammengeschlagen und sei deshalb von der Schule geflogen.

Jürgen und Ede versperrten Thomas und Tobias den Weg. Aber Ede allein führte das Wort: „Ihr beide haltet Euch für was

Besseres. Dabei könnt ihr in Wirklichkeit nur besser weinen." Und Ede lachte.

„Lasst uns in Ruhe!", rief Thomas. Aber da traf ihn ein wuchtiger Fausthieb von Ede in den Bauch, und dann noch einer. Weinend sank Thomas in die Knie. Aus den Augenwinkeln sah er einen großen Tiger, und er spürte Angst und Wut zugleich. Jürgen lachte. Aber Ede trat auf den kleinen Tobias zu, der wie gelähmt ein paar Meter weiter hinten stand. „Und nun zu dir", sagte Ede drohend.

Thomas hörte das Grollen des Tigers, und plötzlich spürte er grenzenlose Wut. Er sprang auf, sprang Ede an, und wie in Zeitlupe fiel dieser zu Boden. Im nächsten Augenblick saß Thomas auf Edes Schultern und schlug mit den Fäusten gegen seinen Kopf.

Während er stürzte, hatte Ede zuerst für einen kurzen Moment gelacht, so als könne er nicht glauben, was geschah. Nun schrie er nur noch, Thomas solle aufhören. Aber Thomas hörte nicht auf, zuerst nicht, weil er Ede wegen des tiefen Grollens aus seiner eigenen Brust nicht hören konnte, später nicht, weil er nur einen einzigen klaren Gedanken fassen konnte: „Wenn ich aufhöre, schlägt er mich tot."

Plötzlich stand die stämmige türkische Großmutter, die am Dorfrand wohnte, neben ihnen. Laut schimpfend trieb sie die Jungen auseinander. Aber den Ede hielt sie fest. „Dich kenne ich", sagte sie, „wenn ich dich hier noch einmal sehe, sage ich es deinem Vater."

In den folgenden Wochen sah Thomas den Ede noch ein paarmal, und jedesmal hatte er Angst, denn er wusste, dass Ede stärker war als er. Aber Ede kam ihm nie wieder nahe.

„Warum ist das so?", fragte Thomas eines Nachts, als er nicht schlafen konnte, vor sich hin. Da sagte der seltsam gekleidete Junge: „Er hat Angst vor dir. Sei nicht stolz darauf. Denke lieber daran, wie es war, als du aufhören wolltest aber nicht konntest. Vergiss die alte Türkin nicht!"

Thomas vergaß die alte Türkin. Er gab sich sogar Mühe, sie zu vergessen. Denn immer, wenn er stolz sein wollte auf seine mutige Tat, auf seinen Sieg über den brutalen Ede, war der Gedanke an die alte Türkin, die ihn in Wirklichkeit gerettet hatte, wie ein Guss mit kaltem Wasser.

Vor allem aber ging es Thomas von da an in der Schule immer besser. Keiner rempelte ihn, keiner schubste ihn mehr. Immer mehr Mitschüler wollten seine Freunde sein. Schon ein halbes Jahr nach seiner ersten Begegnung mit dem Tiger war Thomas normal und glücklich.

Ein weiteres Jahr später mussten seine Eltern in eine weit entfernte Stadt umziehen, und natürlich musste Thomas mit. In der neuen Schule ging der Ärger gleich wieder los. Niemand mochte ihn, und der Klassenrüpel, der stärker war als er, kippte regelmäßig seinen Tornister aus und schlug und trat ihn. Die Lehrer schauten weg. Thomas bat seine Eltern, ihn in das Apfelweintal zurückzusenden, wo er glücklich gewesen sei. Die Eltern waren traurig, aber helfen konnten sie Thomas nicht. „Wehr dich", sagte der Vater, „es kommt nicht darauf an, dass du den anderen Jungen besiegst. Es kommt darauf an, dass du ihm wehtust."

Aber der Klassenrüpel war stärker, schneller und brutaler. Und jedes Mal, wenn Thomas sich wehrte, tat der Andere ihm weh. Tatsächlich tat auch Thomas dem Klassenrüpel weh, aber nur genug, um ihn wütend zu machen. Eines Tages schließlich, Thomas fuhr auf dem Fahrrad von der Schule nach Hause, auf dem stillen Weg am Fluss entlang, da hört er hinter sich das Knattern eines Mofas. Er wandte sich um und erkannte den Klassenrüpel, weil dieser keinen Helm trug, sofort. Thomas strampelte, so schnell er konnte, aber der Klassenrüpel holte ihn ein, fuhr neben ihn und drängte ihn zur Seite. Thomas verlor das Gleichgewicht. Aber da er ins weiche Gras fiel, verletzte er sich nicht und konnte rasch wieder aufstehen. Schnell stieg er auf sein Rad und fuhr in die Gegenrichtung. Aber der Klassenrüpel wendete und holte ihn wieder ein. Diesmal war Thomas vorbereitet und warf dem Rüpel eine Handvoll Dreck ins Gesicht. Während Thomas bremste, fuhr der Rüpel gegen einen Baum. Das Mofa lag knatternd am Boden, und der Rüpel regte sich nicht.

Thomas spürte grenzenlose Wut in sich aufsteigen. Er griff nach einem Ast und holte aus, um dem Rüpel den Schädel einzuschlagen. Aus den Augenwinkeln sah er einen großen Tiger, und von weitem hörte er ein leises Grollen. Aber als er den Ast heruntersausen lassen wollte, zog ihn jemand am Arm. Wütend drehte Thomas sich um. Dicht vor ihm stand der seltsam gekleidete Junge, hielt ihn fest und sah ihm in die Augen. Am anderen Ufer des Flusses ging der Tiger auf und ab.

„Töte ihn nicht", sagte der Junge, „du kannst nicht gewinnen, wenn du das tust. Am besten fährst du zum nächsten Haus und rufst einen Krankenwagen." Thomas spürte, wie die Wut in ihm überkochte. „Ich weiß nicht, wer du bist", rief er, „aber wenn ich kämpfen muss, bist du nie da. Du bist nutzlos! Dann lass mich auch in Ruhe, wenn ich gewonnen habe!"

Der seltsam gekleidete Junge wurde bleich, ja durchsichtig. Thomas spürte, wie seine Hand ihn losließ. Am anderen Ufer des Flusses grollte der Tiger, und für einen Augenblick sah Thomas direkt nach ihm. Als er wieder nach dem Jungen sah, war dieser fort. Und gleich darauf war auch der Tiger fort.

Thomas spürte, wie seine Wut verebbte. Er warf den Ast in den Fluss. Als er sah, wie sich der Klassenrüpel bewegte, nahm er sein Fahrrad und fuhr nach Hause. Noch eine Viertelstunde lang dachte er grollend an den seltsam gekleideten Jungen, der ihm in den Arm gefallen war. Dann hatte er ihn vergessen.

Am nächsten Morgen fehlte der Klassenrüpel. Er sei mit dem Mofa gestürzt und habe wegen einer schweren Gehirnerschütterung keine Erinnerung an den Unfall, hieß es, und das möge allen eine Lehre sein, jederzeit einen Helm zu tragen.

Ob er sich nun erinnerte oder nicht: Von da an ließ der Klassenrüpel Thomas in Ruhe. Von da an ließen ihn alle in Ruhe. Besser noch: Immer, wenn sich von da an jemand Thomas in den Weg stellte, dann hörte er tief in sich ein leises Grollen und blickte den Anderen fest an. Das war so gut wie immer genug. Und da Thomas auch weiterhin ein sehr guter Schüler war, dem das Lernen leicht von der Hand ging, machte er von nun an ohne Hindernisse seinen Weg. Er schloss die Schule sehr gut ab, studierte auf der Universität und stieg im Beruf rasch auf.

Meistens war er freundlich, denn das war seine Art. Nur wenn sich ihm einer in den Weg stellte, und das war selten, dann zeigte Thomas ein anderes Gesicht.

Mädchen und Frauen mochten ihn, weil er freundlich und doch selbstsicher war, und viele waren etwas traurig, als er schließlich eine heiratete. Er war meistens gut zu ihr und auch zu den beiden Kindern, die sie zur Welt brachte. Aber obwohl er sie liebte, genoss er die Bewunderung anderer

Frauen, und das machte seine Frau traurig. Eines Tages machte sie ihm deswegen Vorwürfe. Und obwohl er sie liebte, hörte er tief in sich ein leises Grollen, und er sah sie so finster an, dass sie schweigend aus dem Zimmer ging.

Am nächsten Tag verließ sie ihn. „Ich habe in deinen Augen etwas gesehen, vor dem ich mich fürchte", sagte sie, „ich will es niemals wiedersehen." Und sehr traurig, aber fest entschlossen ging sie mit beiden Kindern fort.

Zum ersten Mal seit seiner Kindheit war Thomas ratlos. Er war wütend und traurig zugleich, und als er begriff, dass seine Frau nicht wiederkommen würde, da spürte er ein Grollen in sich aufsteigen, und er spürte große Wut auf seine Frau. Ihm wurde vor Wut glühend heiß, so heiß, dass seine Augen schmerzten. Rasch ging er in sein Badezimmer und wusch sich das Gesicht mit kaltem Wasser. Als er sich abtrocknete, sah er im Spiegel einen großen Tiger. Er drehte sich um und sah den Tiger im Flur liegen, als wäre er dort zu Hause.

Und auf einmal begriff er, was seine Frau gesehen hatte.

„Das ist nicht dein Haus", sprach er den Tiger direkt an. Der Tiger grollte nur sehr, sehr leise, streckte sich und stand gemächlich auf. „Verlasse mein Haus", sagte Thomas, ging am Tiger vorbei und öffnete die Haustür. Ganz gemächlich ging der Tiger an Thomas vorbei. Als er die Schwelle überschritten hatte, packte Thomas plötzlich große Furcht. Der Tiger wandte sich um und sah Thomas in die Augen. Und plötzlich fühlte sich Thomas wieder klein und unsicher. Und er begriff, was er dem Tiger verdankte. Aber er begriff auch, dass er nicht länger so leben wollte. Als der Tiger einen Schritt auf ihn zu machte, warf Thomas die Haustür ins Schloss. Es gab ein Grollen und ein Pochen, dann war der Tiger fort. Nur ein tiefer Kratzer wie von einer Kralle blieb in der Tür.

Von nun an war das Leben für Thomas schwieriger. Wo er bisher immer unbeirrt und selbstsicher seinen Weg gemacht hatte, da schlug ihm nun mitunter das Gewissen. Immer wieder fielen ihm lange zurückliegende Entscheidungen ein, die ihm plötzlich entsetzlich kaltherzig vorkamen. Immer wieder schämte er sich.

Aber vor allem gewöhnte er sich ab, Menschen finster anzusehen, und er nahm sich jetzt auch dann Zeit zum Zuhören, wenn der andere nicht seiner Meinung war. Dabei fühlte er sich zwar wohler, aber er hatte nicht mehr so leicht und schnell Erfolg, und am Ende sah er in seiner Arbeit, für die er viel Geld bekam, nicht mehr so viel Sinn. Und so freute er sich, als er eine Einladung erhielt, Professor in einer Stadt unweit des Apfelweintals zu werden.

Thomas verkaufte sein Haus und zog in einen kleinen alten Bauernhof am Rande des Dorfes im Apfelweintal, in dem er früher einmal gelebt hatte.

Mit seiner Frau verstand er sich inzwischen wieder besser, aber noch immer konnte sie sich nicht vorstellen, wieder mit ihm zusammenzuleben.

Zu Weihnachten aber besuchte sie ihn mit den Kindern, und als am ersten Weihnachtstag Schnee in dicken Flocken vom Himmel fiel, da blieben die drei einfach ein paar Tage länger. Und Thomas und seine Frau sprachen miteinander darüber, ob sie wieder zusammenleben könnten. „Ich weiß jetzt, was du gesehen hast", sagte Thomas, „und ich habe es aus meinem Leben verjagt. Nie wieder soll es mich beherrschen."

Als der Schneefall aufhörte, ging Thomas mit seinen Kindern zum Rodeln auf den Hang des großen Berges. Es war ein klarer Tag, und die Sonne schien aus einem blauen Himmel auf den glänzenden Schnee. Thomas und seine Kinder hatten viel Freude am Rodeln und blieben draußen, bis die Sonne zu sinken begann. Plötzlich hörte Thomas eine Stimme: „Nimm sie lieber nach Hause. Es ist hier nicht mehr sicher." Er sah sich um, und er glaubte in einiger Entfernung eine menschliche Gestalt zu entdecken. Aber sie war nicht klar zu erkennen. „Letzte Fahrt,

Kinder!", rief Thomas, und dann setzte er sich mit der Kleinen auf einen Schlitten, und sein Sohn nahm den anderen. Nebeneinander sausten sie den welligen Hang hinunter, fast als würden sie fliegen, und fuhren eine weite Kurve, bis sie am Waldrand im tiefen Schnee steckenblieben.

Nur ein paar kahle Laubbäume standen dort, und hinter ihnen standen mehrere Rehe im Winterhaar. Begeistert stapften die Kinder durch den Schnee dorthin. Aber natürlich sprangen die Rehe fort. Thomas eilte den Kindern nach und rief: „Kommt zurück! Wir müssen jetzt nach Hause gehen!"

Und dann sah er tiefer im Wald den riesigen Tiger. Sein orangefarbenes Fell mit den schwarzen Streifen hob sich leuchtend vom Schnee ab, und ein leises, tiefes Grollen erklang. Thomas sprang durch den Schnee, als könne er fliegen, und er war bei gerade noch rechtzeitig bei seinen Kindern, um sich zwischen sie und den Tiger stellen zu können.

Langsam schritt der Tiger auf Thomas zu, und langsam wich Thomas zurück. Leise sagte er zu seinen Kindern: „Bleibt genau hinter mir." Aus dem Schnee griff er sich einen großen Ast und hielt ihn vor sich. Der Tiger schlug mit einer Tatze danach, und nur unter Schmerzen hielt Thomas den Ast fest. „Wie soll ich das bloß schaffen?", fragte er sich. Da hörte er neben sich eine Stimme: „Du kannst es nicht schaffen." Thomas sah nach links und erkannte einen seltsam gekleideten Jungen, der ihm bekannt vorkam. Ein wenig sah er aus wie sein eigener Sohn. Aber vor allem war die Gestalt beinahe durchsichtig, fast körperlos. „Ich kann es für dich schaffen", sagte der seltsam gekleidete Junge, „erkennst du mich nicht?"

„Doch", sagte Thomas, „ich erkenne dich. Aber wie willst du es denn schaffen, wo du doch nicht einmal richtig hier bist?" Wieder grollte der Tiger, und wieder schlug er mit der Tatze nach dem Ast. Und diesmal konnte Thomas den Ast nicht länger festhalten.

„Ich kann es nur für dich schaffen, wenn du mich darum bittest", sagte der seltsam gekleidete Junge, beinahe flehentlich, während der Tiger begann, im Halbkreis um den am Boden liegenden Ast herum zuschreiten. „Dann bitte ich dich", rief Thomas, „schaffe du es für mich! Besiege den Tiger!"

Plötzlich war der seltsam gekleidete Junge deutlich zu sehen, fast war es, als leuchte er. Rasch packte er den Ast mit beiden Händen und stieß damit nach dem Tiger. Der Tiger wich zurück, nahm Anlauf und sprang mit einem riesigen Satz auf den seltsam gekleideten Jungen zu. Aber dieser fing den Tiger mit Leichtigkeit mit dem Ast auf und schleuderte ihn zurück. Dann sprang der Junge auf den Tiger zu, stach nach ihm und klemmte ihn am Stamm einer hohen Fichte fest. Noch einmal grollte der Tiger, aber sein Grollen wurde leiser, und plötzlich war er verschwunden.

„Geh nun nach Hause", sagte der seltsam gekleidete Junge. Der Tiger wird dich jetzt für sehr lange Zeit in Ruhe lassen. Und wenn er doch einmal kommt, rufe mich, und ich besiege ihn für dich."

„Ich danke dir", sagte Thomas, „bitte vergib mir, dass ich so unfreundlich zu dir war. Wo kann ich dich denn finden?"

Der Junge lachte. „Alles ist gut", sagte er, „alles ist verziehen."

„Ja", sagte Thomas, „aber wo kann ich dich finden?"

„Ich bin immer bei dir", sagte der Junge, „fürchte dich nicht."

Zeitfracht Medien GmbH
Ferdinand-Jühlke-Straße 7
99095 Erfurt, Deutschland
produktsicherheit@kolibri360.de